L'EMPREINTE CARBONE

LES ENQUÊTES DE L'INSPECTEUR HIGGINS

Déjà parus

1. Le Crime de la momie
2. L'Assassin de la Tour de Londres
3. Les Trois Crimes de Noël
4. Le Profil de l'assassin
5. Meurtre sur invitation
6. Crime Academy
7. L'Énigme du pendu
8. Mourir pour Léonard
9. Qui a tué l'astrologue ?
10. Le Crime de Confucius
11. Le Secret des Mac Gordon
12. L'Assassin du pôle Nord
13. La Disparue de Cambridge
14. La Vengeance d'Anubis
15. L'Assassinat de Don Juan
16. Crime dans la Vallée des Rois
17. Un assassin au Touquet
18. Le Crime du sphinx
19. Le Tueur du vendredi 13
20. Justice est faite
21. Assassinat chez les druides
22. La Malédiction de Toutânkhamon
23. L'École du crime
24. Le Démon de Kensington
25. L'Aiguille de Cléopâtre
26. Brexit oblige...
27. Crime sur le lac Léman
28. Comédien, assassin ?
29. Sauvez la reine !
30. L'Énigme XXL
31. Le Marchand de sable
32. Jack l'Éventreur : le retour
33. Un crime pour l'éternité
34. Les Sept Merveilles du crime
35. Crime niçois
36. L'Empreinte carbone

À paraître en mai 2020

37. Le Crime d'une nuit d'été

CHRISTIAN JACQ

L'EMPREINTE CARBONE

LES ENQUÊTES
DE L'INSPECTEUR HIGGINS

XO EDITIONS
J ÉDITIONS

www.inspecteurhiggins.com
www.xoeditions.com

ISBN : 978-2-37448-211-8

« Rien ne sert de tirer sur les brins d'herbe
pour les faire pousser plus vite. »

Proverbe chinois

L'Égypte menant à tout, j'ai eu la chance, lors d'un séjour de recherche au British Museum, de rencontrer un personnage extraordinaire. Aimant se faire appeler Higgins, en dépit de ses titres de noblesse, cet inspecteur de Scotland Yard avait été chargé d'un grand nombre d'enquêtes spéciales, particulièrement complexes ou « sensibles ».

Entre nous, le courant est immédiatement passé. D'une vaste culture, Higgins m'a accordé un privilège rare en m'invitant dans sa demeure familiale, une superbe propriété au cœur de la campagne anglaise. Et il m'a montré un trésor : ses carnets relatant les affaires qu'il avait résolues.

J'ai vécu des heures passionnantes en l'écoutant et obtenu un second privilège : écrire le déroulement de ces enquêtes criminelles, fertiles en mystères et en rebondissements.

Voici l'une d'entre elles.

— 1 —

Le professeur Grégory Cloud avait peur. Cette fois, il ne prenait pas les menaces à la légère. Au début de la croisade menée contre lui, il avait haussé les épaules, persuadé que les invectives et les insultes étaient si dérisoires qu'il ne devait pas s'en inquiéter.

Mais l'air du temps avait brutalement changé, et l'opinion publique désigné le coupable de tous les maux de la planète : le carbone.

Or, le professeur Cloud était l'un des meilleurs spécialistes de ce carbone auquel il avait voué une existence de chercheur. Professeur à Cambridge, il enseignait à ses élèves que la vie dépendait en majeure partie non seulement de l'eau, mais aussi de l'oxygène *et* du carbone. Et sans nul doute, zéro carbone égalait zéro vie.

En expulsant du CO_2, les volcans avaient fourni un matériau fondamental, absorbé par les plantes. Mais qui osait encore rappeler que la synthèse de la matière organique s'opérait à partir du CO_2 atmosphérique lors de la photosynthèse, sous l'effet de la lumière solaire ?

Révolté par les rapports scientifiques biaisés, le refus d'une information complète, la déferlante écologique anticarbone, Grégory Cloud avait, en vain, tenté de modérer le délire médiatique avec une touchante naïveté.

Écrasé par la pensée dominante, il avait fini par comprendre qu'aucun argument, si fondé soit-il, ne convaincrait les adversaires forcenés du carbone, lequel entrait pourtant dans la composition de tous les tissus animaux et végétaux. N'était-il pas un liant entre la terre, les océans et l'atmosphère ? Aujourd'hui détesté sous sa forme de charbon, le carbone était encore vénéré sous celle de diamant. Mais ce dernier ne finirait-il pas par être interdit au nom de la sauvegarde de l'humanité ?

Grégory Cloud ne se sentait pas en sécurité à Cambridge, où il venait d'être agressé. Bien qu'il eût alerté Scotland Yard, il n'avait reçu qu'une réponse polie, lui recommandant la prudence.

Il lui restait une dernière carte à jouer. Une carte maîtresse qui clouerait le bec des ennemis jurés du carbone : publier les résultats de ses dernières découvertes, permettant d'affirmer qu'il était possible de recycler le CO_2 des océans afin de produire du carburant. Des collègues suisses et norvégiens appuyaient le projet. Constat : le dioxyde de carbone était 125 fois plus concentré dans l'eau que dans l'air. Et le professeur Cloud avait trouvé le moyen de le transformer en carburant liquide. De quoi bouleverser l'économie mondiale.

Âgé de soixante-douze ans, de petite taille, toujours vêtu d'un costume beige, veuf sans enfant, le professeur Cloud était profondément croyant. Alors qu'il pénétrait dans l'immeuble de l'East End où il possédait un modeste appartement, il posa la main sur son cœur. Collée sur sa poitrine, une image pieuse qui lui servirait de talisman en retournant le mal contre ses agresseurs.

Personne ne savait qu'il se calfeutrait là quand il affrontait une épreuve difficile. Et c'était naturellement dans cet abri qu'il avait dissimulé le dossier qu'il avait décidé, malgré ses imperfections, de produire au grand jour.

Nerveux, il grimpa l'escalier jusqu'au troisième étage. À la recherche de sa clé, il explora la poche droite de sa veste.

Rien. La sueur perla à son front. Avait-il perdu le précieux objet ? Par bonheur, elle gisait au fond de la poche gauche !

Restait à l'introduire dans la serrure. Trois tentatives furent nécessaires. En nage, Grégory Cloud poussa la porte de son antre, la claqua derrière lui et s'affala sur un canapé. Son cœur cessa de battre la chamade.

Lui qui ne buvait que de l'eau pétillante s'offrit un doigt du whisky qu'il réservait pour les grandes occasions.

À l'instant où l'alcool lui brûlait la gorge, le bruit strident de la sonnette lui déchira les oreilles.

Cloud sursauta et absorba une nouvelle gorgée d'alcool. Son cerveau s'embruma, cherchant néanmoins une explication à cet incident.

Mais oui, bien sûr ! La police répondait enfin à ses appels. Le pas légèrement hésitant, le professeur entrouvrit sa porte.

— 2 —

Admirateur inconditionnel des reines Victoria et Élisabeth II, regrettant la grandeur passée de l'Empire britannique, le superintendant de première classe Scott Marlow était entré à Scotland Yard comme on entre en religion et n'avait d'autres buts que ceux fixés par les autorités à la vénérable institution, née en 1822 : protéger la vie et la propriété, préserver la tranquillité publique et lutter contre le crime. Vu la dégradation de la société, et de la justice, une tâche devenue herculéenne.

En dépit des vents contraires, Marlow tenait bon la barre. Supportant un poids administratif toujours plus lourd en raison de l'informatisation galopante, le policier n'en oubliait pas pour autant ses obligations prioritaires. Et les dossiers ne manquaient pas.

En ce mois de juillet, la canicule accablait Londres. La climatisation de l'immeuble qui abritait New Scotland Yard venant de tomber en panne, il devait se contenter de ventilateurs qui brassaient un air chaud. Quels que fussent les troubles atmosphériques, Marlow ne songeait qu'à ses obligations. Son bureau ultramoderne, équipé d'une douche et d'un canapé confortable, lui servait de domicile. Aussi ne perdait-il pas une minute et résolvait-il un maximum de cas épineux. À une époque où les assassins avaient le beau rôle, défendus par de brillants avocats utilisant toutes les ressources d'un code pénal de plus en plus tarabiscoté, le labeur d'un as de la police criminelle n'était pas des plus aisés.

Mais Scott Marlow, s'inspirant de son ami l'ex-inspecteur-chef Higgins, qui jouissait d'une retraite anticipée, était un roc. Pour lui, un assassin restait un assassin, et il fallait l'arrêter.

Tout en appartenant moralement à la vieille école, le superintendant s'adaptait en permanence aux progrès de la police scientifique, et il en avait souvent remontré à de jeunes coqs qui croyaient pouvoir le piétiner.

Après avoir frappé à sa porte, l'un de ses adjoints pénétra dans son bureau.

— Chef, je suis bien embêté.

Premier souci de la journée.

— Je vous écoute.

— J'ai essayé de régler le problème, mais ça ne s'arrange pas.

— Ne tournez pas autour du pot !

— Ben, c'est une histoire alambiquée concernant un professeur de Cambridge, un genre d'huile à laquelle on n'est pas trop habitués.

Marlow ressentit l'irruption du gros pépin.

— Son nom ?

— Grégory Cloud, géophysicien bardé de diplômes et de décorations. À la retraite depuis un bon moment, mais toujours en activité, vu ses compétences.

— Sa spécialité ?

— Le carbone.

— Il l'accuse de tous les maux, je présume ?

— Non, chef. C'est exactement le contraire. Et ça lui attire le maximum d'ennuis. Les écolos radicaux veulent sa peau. Se sentant menacé, il nous a contactés à plusieurs reprises.

— Qu'avez-vous répondu ?

— Qu'il ne s'inquiète pas. Ce ne sont que des fanfaronnades.

— En ce cas, s'étonna Marlow, pourquoi m'alertez-vous ?

L'adjoint consulta une lettre manuscrite.

— Parce que Cloud sollicite maintenant une protection.

Marlow soupira. Assurer une protection policière à un individu qui n'était pas un politicien exigeait un nombre de démarches administratives dépassant la conquête de la Lune.

— Vous avez son adresse ?

— Ne s'estimant plus en sécurité à Cambridge, Cloud vient de rentrer à Londres où il occupe un logement dans l'East End. Il s'y réfugie en espérant que nous le contacterons.

— Je m'en occupe.

*

Achetée d'occasion, la vieille Bentley de Marlow poursuivait vaillamment sa longue carrière. La canicule obstruait légèrement le carburateur et fatiguait ses pneus, mais elle avait progressé sans rechigner vers l'East End et s'était garée juste devant l'entrée d'un petit immeuble ancien. Une rue étroite et tranquille. En face du domicile de Grégory Cloud, une pizzeria.

Un peu enrobé et vêtu d'un costume gris aussi terne que fripé, Marlow s'essuya le front avec un mouchoir.

À seize heures, sa montre connectée indiquait trente-huit degrés centigrades.

Il poussa la porte et commença à grimper l'escalier assez raide. De quoi perdre quelques grammes. Objectif : le troisième étage, d'après la lettre du professeur menacé.

L'ascension fut éprouvante. Alors qu'il parvenait enfin au bon palier, le superintendant se heurta à un personnage cagoulé, entièrement vêtu de noir.

Un instant de sidération partagé.

Le spectre fut le premier à réagir. Lançant sa jambe droite en avant, il percuta le sternum de Marlow et lui coupa le souffle. Plié en deux, ce dernier devint une proie facile. Du tranchant de la main, son adversaire lui fracassa la nuque.

— 3 —

L'ex-inspecteur-chef Higgins et son chien Geb levèrent la tête vers un nuage qui paraissait porteur de précipitations espérées. Mais le vent chaud le dissipa, et tout espoir de pluie fut anéanti.

Même au cœur de la forêt, impossible de goûter une quelconque fraîcheur. Prudent, Higgins avait emporté une gourde d'eau pour éviter la déshydratation. Il en versa dans la paume de sa main et la présenta à son chien, qui lapa avec délectation.

De taille moyenne, plutôt trapu, les cheveux noirs, la lèvre supérieure ornée d'une moustache poivre et sel, les tempes grisonnantes, l'air débonnaire, l'œil malicieux et inquisiteur, Higgins était considéré comme le meilleur « nez » de Scotland Yard, bien qu'il eût pris une retraite anticipée en raison d'un conflit d'ordre moral avec sa hiérarchie. Adepte de valeurs périmées, comme la rectitude, la loyauté et l'amitié, l'ex-inspecteur-chef appréciait le charme inégalable de son manoir familial de The Slaughterers, dans le Gloucestershire.

Porche à deux colonnes, murs de pierre blanche, fenêtres XVIIIe à petits carreaux rythmant deux étages disposés selon le nombre d'or, toit d'ardoise aux reflets grisés, parc aux chênes centenaires : un petit paradis, loin du monde et du bruit.

L'œil désespéré, Geb tendit sa patte gauche à Higgins.

Une épine.

Avec délicatesse, l'ex-inspecteur-chef ôta le corps étranger et nettoya les coussinets, de sorte que le chien noir pût de nouveau marquer le sol de ses empreintes sans ressentir la moindre souffrance.

Higgins consulta son oignon, un petit chef-d'œuvre de l'horlogerie suisse.

— Hâtons-nous, sous peine d'être en retard.

Cuisinière émérite, Mary, la gouvernante du domaine, âgée de soixante-dix ans depuis toujours, était une maniaque de l'exactitude. Ayant traversé guerres et crises économiques sans contracter le moindre rhume, elle continuait à croire en Dieu et en l'Angleterre.

Comme si son flair lui dévoilait le menu, Geb pressa l'allure, indifférent à la chaleur. Ne disposant que de deux jambes, Higgins éprouva quelque peine à suivre les quatre pattes. Grâce au rythme imposé par l'élégant chien noir, il traversa le petit pont enjambant la rivière Eye, presque à sec, dix minutes avant l'heure fatidique. Il avait juste le temps de se doucher et de se changer pour le déjeuner.

Geb, lui, se trouvait déjà à la cuisine, en compagnie de son complice, le chat siamois Trafalgar, qui venait de se réveiller, l'estomac creux, avant de savourer un plat succulent et de digérer au cours d'une longue sieste.

À midi pile, l'ex-inspecteur-chef, impeccable dans son costume bleu nuit, franchit le seuil de la salle à manger. Mary venait de poser sur la table un carpaccio de saint-jacques au céleri frais débité en fine julienne.

— Si on écoutait les écolos, déclara-t-elle, on ne se nourrirait plus que d'algues, et encore ! Cette Greta Carbone m'exaspère. Et tous les médias qui lui courent après ! Avez-vous choisi un vin convenable ?

— Un moulin-à-vent.

— Ce serait préférable à ces horribles éoliennes ! Quel attrape-nigaud ! Bon, ça ira avec ce que j'ai préparé. Vos deux bêtes ont apprécié leur gamelle. Évitez de les nourrir davantage.

Cachés sous la table, le chien et le chat faisaient le mort. Dès que possible, ils réclameraient un supplément à Higgins qui, comme d'habitude, céderait à leurs sollicitations.

Soudain, un son inhabituel. Sortant de leur repaire, Geb et Trafalgar se précipitèrent vers le rebord de la fenêtre ouverte.

Sans nul doute, une stridulation. Autrement dit, une cigale, et plus probablement plusieurs, dans le Gloucestershire ! De quoi, pour les amateurs de cette musique si particulière, se réjouir du réchauffement climatique.

Pressentant le retour prochain de Mary, Geb et Trafalgar regagnèrent leur cachette, que la gouvernante feignait d'ignorer.

Elle servit des médaillons de filet de bœuf à la sauce au chianti classico, accompagnés de pommes de terre sautées aux fines herbes. La viande était fondante à souhait, au point que les yeux des deux gourmands, quêtant les petits morceaux découpés par Higgins, exprimèrent une sorte d'extase. Le festin se poursuivit par une farandole de fromages anglais, injustement méconnus, notamment du vieux cheddar dont Geb raffolait. Et que dire du couronnement de ce déjeuner, un parfait au miel avec son coulis d'abricots ?

Higgins choisit le petit salon oriental pour y déguster des *cantucci* toscans aux amandes qui, selon la tradition du XVIe siècle, ne dépassaient pas dix centimètres, et boire un arabica authentique. Le chat se coucha entre les pattes du chien, au pied du fauteuil de l'ex-inspecteur-chef. Comme la vie était douce, à l'écart des turpitudes de ce monde que l'on disait « moderne » !

Un canapé « retour des Indes », un paravent japonais du XVIIIe siècle, un buffet laqué de Cathay sur lequel trônait un bouddha souriant, un Anubis en bronze ptolémaïque capable de guider les âmes sur les beaux chemins de l'au-delà, un fauteuil en bois d'ébène aux accoudoirs taillés en forme de caractères chinois signifiant « la Voie et la Vertu » : cet ensemble de souvenirs faisait de la pièce un havre de sérénité.

— Manquait plus que ça ! s'insurgea Mary, en troublant ce moment de quiétude. Vous connaissez la dernière ?

Adepte des nouvelles technologies, la gouvernante surfait sur la Toile avec la virtuosité de Rubinstein. En réseau avec une bande de copines, elle intervenait de façon péremptoire sur mille et un sujets, n'hésitant pas à être politiquement très incorrecte.

— Un prof de Cambridge a été assassiné dans son appartement de l'East End, un dénommé Grégory Cloud. Ça vous dit quelque chose ?

Higgins fouilla dans sa mémoire.

— Un scientifique ?

— Géophysicien, spécialiste du carbone. Pas vraiment dans l'air du temps ! Mais ce n'est pas le pire. Lors de son intervention, votre collègue Scott Marlow a été sérieusement amoché.

En dépit de siècles de self-control, Higgins pâlit. Pour avoir mené à bon terme plusieurs enquêtes en compagnie de ce superintendant honnête et compétent, l'ex-inspecteur-chef lui vouait une réelle estime, teintée d'amitié.

— J'ai le nom de l'hôpital où il est soigné et le numéro de sa chambre. Je suppose que je prépare vos valises et que vous allez vous lancer sur la piste de l'assassin. Mon Dieu, dans quel monde vivons-nous !

— 4 —

Contrairement à ce que prétendaient les *fake news* françaises, il était possible de se faire soigner correctement à Londres où les services d'urgence parvenaient même à sauver des patients.

Dans sa chambre d'hôpital, plutôt spacieuse, le superintendant Scott Marlow récupérait. Il consultait déjà des dossiers pressants lorsque la porte s'ouvrit sur un visiteur inattendu.

— Higgins ! Vous... Vous...

— Ce sont seulement les coups durs qui permettent de reconnaître les vrais amis. Comment vous sentez-vous, superintendant ?

— Des courbatures, rien de plus ! J'ai passé mes examens médicaux avec succès. Un bel hématome sur la nuque et l'estomac froissé par un coup de pied.

— Vous l'avez échappé belle, semble-t-il.

Marlow hocha la tête.

— Pas impossible... Ce type voulait sans doute tuer. Sans ma robuste constitution, j'y serais sûrement passé ! Mais soyez sûr que je n'en resterai pas là. Ce gus, je lui mettrai la main au collet !

— Si nous en parlions ?

Le superintendant écarquilla les yeux.

— Vous... Vous vous intéressez à cette enquête ?

— Si je peux vous être utile, ce sera avec plaisir. Je n'aime pas qu'on agresse mes amis. Et puis j'ai croisé la victime à Cambridge, lorsqu'elle était un brillant professeur.

Marlow n'avait pas espéré une telle aide. Bien qu'il utilisât des méthodes peu conventionnelles, l'ex-inspecteur-chef avait souvent réussi là où la police scientifique était tenue en échec.

— Décrivez-moi les circonstances, sollicita Higgins en sortant de sa poche un carnet noir et un crayon finement taillé.

Dos bien calé, bras croisés, Scott Marlow se remémora les événements.

— Scotland Yard a reçu plusieurs appels au secours du professeur Cloud sans en tenir compte, avoua-t-il. À la suite de sa dernière lettre, j'ai voulu en avoir le cœur net, et je me suis rendu chez lui afin de savoir s'il s'agissait ou non d'une affaire sérieuse. Un défenseur du carbone en pleine croisade écologiste, ça craint ! Mais soyons clair : vous et moi avons constaté, à plusieurs reprises, la fragilité du témoignage humain. Même si j'appartiens à Scotland Yard, le mien ne vaut guère mieux que celui d'un quidam. Je vais vous raconter ce que j'ai *cru* voir, mais ne le prenez pas pour argent comptant.

— Le doute constructif n'est-il pas la première exigence d'un enquêteur ?

C'était la première fois que l'ex-inspecteur-chef interrogeait un superintendant de première classe. Il espérait que cette démarche serait fructueuse.

Marlow se concentra.

— J'ai eu la chance de trouver une place libre juste devant l'entrée de l'immeuble où habitait Cloud, et j'ai garé ma Bentley sans difficulté.

— Avez-vous regardé autour de vous ?

— Réflexe professionnel.

— Rien d'insolite ?

— Vu la chaleur écrasante, la rue était vide. À tous les étages, volets fermés. En face de l'immeuble de Cloud, une pizzeria, rideau baissé. Oppressé, j'ai grimpé lentement l'escalier. Pas d'ascenseur. Alors que j'atteignais le troisième étage, la porte de l'appartement du professeur s'est ouverte à la volée, et une sorte de démon est apparu. Ah, pardonnez-moi, Higgins ! Voilà un terme bien peu rationnel ! L'émotion, vous comprenez...

— Je vous comprends.

— Taille supérieure à la moyenne, entièrement vêtu de noir. Cagoule, pull, gants, pantalon, chaussures... que du noir. J'ai failli, Higgins. J'aurais dû réagir plus vite. Le bonhomme a été fulgurant. Il m'a défoncé le ventre d'un coup de pied de karatéka. Le souffle coupé, je me suis plié en deux. Pas le temps de récupérer. Une main s'est abattue sur ma nuque, puis le vide.

— Le bonhomme... Excluez-vous une femme ?

— Non, c'était une façon de parler. En revanche, je suis convaincu qu'il s'agit d'un sportif ou d'une sportive de haut niveau.

— Indications non négligeables, jugea Higgins. Qui sera chargé de l'enquête ?

Marlow s'empourpra.

— Moi… et vous !

— Votre état ne vous interdit-il pas des efforts démesurés ?

— Mon état ? Je suis en pleine forme !

Le superintendant quitta son lit, ouvrit une armoire, récupéra ses vêtements et s'habilla à son ordinaire.

— Allons-y, dit-il d'un ton décidé.

Dans le couloir, il se heurta à son médecin traitant, un sosie de la star américaine à la cafetière vide.

— Votre mise en observation n'est pas terminée ! Recouchez-vous !

— Si vous savez écrire, signez vous-même ma décharge.

— 5 —

— Superintendant… Déjà d'aplomb ? s'étonna l'un de ses adjoints.

— Apportez-moi le dossier Cloud.

Heureux de retrouver son cadre de travail, Scott Marlow extirpa du tiroir le plus bas de son bureau métallique un flacon de whisky écossais, produit par une distillerie artisanale. La meilleure des médecines.

Holmes, le jeune génie du laboratoire central de Scotland Yard, ne tarda pas à apparaître, les bras chargés de rapports scientifiques.

— Heureux de vous revoir, superintendant ! Inspecteur Higgins… Vous participez à l'enquête ?

— Si je peux aider…

Holmes éprouvait une admiration sans bornes pour l'ex-inspecteur-chef. Qui savait mieux que lui utiliser l'ordre, la méthode et l'intuition à l'heure où, malgré les progrès de la police scientifique, le tiers des crimes restait impuni ?

— Faites-moi un résumé, Holmes, ordonna Marlow.

— En votre absence, j'ai pris sur moi de transférer le cadavre chez Babkocks.

— Excellente initiative.

« Bon début », pensa Higgins, qui considérait Babkocks comme le meilleur médecin légiste du Royaume-Uni.

— Cause de la mort ? interrogea le superintendant.

— D'après les premières constatations, toute simple : deux balles en plein cœur. Un superbe tir groupé, à faible distance. Les spécialistes ont passé l'appartement de la victime au peigne fin.

— Résultats ?

— Néant. L'ADN et les empreintes sont ceux de la victime. À part des balles, le tueur n'a laissé aucune trace de son passage.

*

Un ciel dramatiquement bleu, une température de trente-cinq degrés, des Londoniens déshydratés, des pelouses en souffrance… La canicule frappait fort.

Ménageant ses efforts, la vieille Bentley roulait lentement, afin d'éviter l'infarctus. Bien des voitures trop sûres d'elles-mêmes avaient fini aux urgences.

Quoique la morgue où officiait Babkocks se situât non loin de la Tamise, le fleuve ne procurait aucune fraîcheur. Assis sur un banc, le sosie de Winston Churchill dégustait un énorme sandwich composé de piment, d'ail, d'oignons frits, de mortadelle, de confiture de myrtilles, de roquefort, de moutarde et de filet de morue.

Vêtu de son éternel blouson d'aviateur de la Royal Air Force, Babkocks contemplait le lointain avec la sérénité du professionnel satisfait du devoir accompli.

— Heureux de vous revoir debout, superintendant, dit-il en allumant un cigare formé de déchets de tabacs exotiques interdits à la vente. Si Higgins vous accompagne, c'est que l'affaire est grave.

— On n'assassine pas tous les jours un professeur émérite de Cambridge, observa Marlow.

— Bof ! Il y a tellement de crétins diplômés qui valent moins qu'un bon menuisier ! Malgré son âge, celui-là était en assez bon état et menait une vie saine. Beaucoup de jeunes drogués lui envieraient son foie et ses reins. Côté cœur, en revanche, c'est râpé. Le tireur ne l'a pas raté. Rassurez-vous, malgré l'évidence dont je me suis toujours méfié, j'ai procédé à toutes les analyses nécessaires.

Si Higgins appréciait tant le travail de Babkocks, c'est qu'il voyait ce que les autres ne voyaient pas. Et quand il fournissait une conclusion, c'était une base solide pour enquêter.

— Pas de coup tordu, affirma le légiste. Deux balles mortelles, rien de plus. Distance très courte. Pas besoin d'être un tireur d'élite, mais un sacré sang-froid. Et puis une bizarrerie.

D'une poche profonde de son blouson, Babkocks sortit une enveloppe en plastique transparent contenant une petite image pieuse tachée de sang.

— Le professeur avait ce talisman collé sur sa poitrine. Il ne lui a pas sauvé la vie.

Higgins examina l'étrange document. Bien que sa tête eût été détruite, le personnage en soutane blanche avait l'allure d'un pape.

— Croire en Dieu, estima Babkocks, ça ne vous donne pas un passeport pour l'éternité.

— Côté balles, interrogea Marlow, du classique ?

— C'est en train de le devenir. Des projectiles issus d'une imprimante 3D, comme l'arme du crime que vous ne retrouverez jamais. Grâce aux progrès technologiques, les assassins ont de beaux jours devant eux. Bonne chance quand même.

— 6 —

Sévèrement touché par les bombardements nazis pendant la Seconde Guerre mondiale, l'East End avait beaucoup changé, et la ligne de métro aérienne était à présent parsemée de stations, telles Peckham Rye, Hoxton et Hackney Central, qui déversaient le flot de nouveaux habitants, dont des créateurs de mode. Restaurants branchés, galeries d'art, magasins courus, maisons avec jardinet, rien ne manquait à cette extension de la pieuvre londonienne, même si elle ne possédait pas encore une âme aussi forte que celle de quartiers comme Chelsea ou Whitechapel.

La rue où habitait le professeur Grégory Cloud était assez étroite. Des immeubles ternes, à quatre étages, plus ou moins bien rénovés. En face de celui de la victime, une pizzeria classique.

Cette fois, Marlow ne trouva pas de place pour garer sa Bentley et dut tourner quelques minutes avant de dénicher son bonheur dans une rue voisine. Les deux policiers marchèrent benoîtement jusqu'à leur destination.

Marlow se figea. Quoiqu'il eût souvent fait preuve d'un courage physique remarquable, les souvenirs récents qui l'assaillaient n'avaient rien d'agréable. Il poussa néanmoins la porte d'entrée d'une main décidée et n'hésita pas à grimper un escalier étroit et raide, tout en gardant la tête levée pour apercevoir un éventuel adversaire.

Aucun incident ne troubla le silence.

Des scellés barraient la porte de l'appartement du professeur.

— Je n'ai pas songé à prendre la clé, déplora le superintendant.

— Nous nous en passerons, dit Higgins, en sortant le passe-partout que lui avait offert le roi des cambrioleurs, avant de prendre sa retraite.

Bien qu'il l'eût arrêté, le bandit appréciait le talent de l'ex-inspecteur-chef et avait tenu à lui remettre un témoignage de son estime.

Cet objet unique ouvrait toutes les serrures sans imprimer la moindre marque. Encore fallait-il savoir le manier et, à l'exemple d'un couteau suisse, choisir la bonne lame. En trois minutes, Higgins réussit à ouvrir. Quoique le superintendant désapprouvât ce genre de pratique, il en reconnut l'efficacité.

Sur le seuil, il respira profondément. C'était ici qu'il avait failli dire adieu à ce bas monde. En pénétrant dans l'antre du professeur défunt, allait-il découvrir les indices qui lui permettraient d'identifier l'assassin ? L'aide de Higgins était précieuse. Avec son flair si particulier, il repérerait le moindre détail insolite.

L'ex-inspecteur-chef huma les lieux. Petite entrée, salon ordinaire, salle à manger banale, chambre austère, douche ancienne, cuisine traditionnelle. L'espace réservé d'un homme simple, se satisfaisant d'un confort élémentaire.

— Que savons-nous de certain sur Grégory Cloud ? demanda-t-il à Marlow.

Le superintendant manipula son portable pour entrer dans l'ordinateur sécurisé du Yard. Ses adjoints avaient établi une fiche détaillée concernant la victime.

— Soixante-douze ans, veuf sans enfant, appartement de fonction à Cambridge, salaire confortable, dons très généreux à des associations caritatives, maigres économies, aucun vice connu. Seule propriété : ce logement. Un travailleur infatigable, auteur d'un manuel de référence sur le carbone et d'une bonne centaine d'articles parus dans des revues scientifiques.

— Des ennemis déclarés ?

— Une avalanche d'insultes sur les réseaux sociaux ! Oser défendre le carbone, de nos jours, c'est suicidaire !

Lentement, Higgins arpenta chacune des pièces, en essayant de percevoir l'esprit de l'homme qui avait vécu ici. S'il avait jugé nécessaire d'acquérir ce logement, n'était-ce pas pour bénéficier d'une sorte de refuge, à l'écart des débats universitaires qui, en raison de l'air du temps, ne lui étaient pas favorables ?

Un sentiment dominait : l'angoisse. L'ex-inspecteur-chef se représenta les derniers moments d'une bête traquée. Affolé par les menaces, il n'avait pas d'autre point de chute que cet habitat lugubre.

Mais ce n'était qu'une impression, et Higgins avait trop d'expérience pour s'y fier. Il refit un tour complet du local, encore plus lentement, et, cette fois, une étrange intuition s'imposa.

Marlow ressentit le trouble de son collègue.

— Avez-vous remarqué quelque chose d'anormal, Higgins ?

— Pure conjecture. Cependant...

Les yeux pétillants de l'ex-inspecteur-chef scrutèrent l'espace.

— Nous ne sommes pas dans un appartement ordinaire, affirma-t-il, mais dans un coffre-fort.

— 7 —

— Que voulez-vous dire, Higgins ? questionna le superintendant, intrigué.

— Le professeur Cloud avait peur. La croisade menée contre lui n'était pas seulement idéologique. Il avait acquis la certitude qu'un ou plusieurs ennemis voulaient l'éliminer physiquement afin de le faire taire à jamais. Aussi s'est-il réfugié ici, d'une part en espérant échapper à un sort funeste, et d'autre part en préparant une contre-attaque. Sans doute a-t-il dissimulé des éléments concernant ses adversaires. La police scientifique s'est intéressée à la scène de crime en tant que telle et, compte tenu de la clarté de la situation, nous a laissé le soin d'aller plus loin.

— Ce n'est qu'une vue de l'esprit, objecta Marlow.

— Je vous le concède. Prenons cependant le temps de vérifier.

Higgins commença par le salon. Deux fauteuils fatigués, une table basse et un secrétaire. Quatre tiroirs. Vides. Au fond du quatrième, une excroissance. Un bouton en bois que l'ex-inspecteur-chef tira doucement, dévoilant une cache remplie d'une vingtaine de feuillets. Des photocopies de lettres dactylographiées, signées du professeur John Arthur Allister, adressées aux plus hautes autorités universitaires de Cambridge et réclamant le renvoi définitif de Grégory Cloud, accusé d'incompétence. Le ton était d'une rare virulence.

— Il n'aimait vraiment pas la victime, constata Scott Marlow.

— Dans son domaine, la physique du globe, indiqua Higgins, Allister est une sommité. C'est lui qui a organisé le dernier congrès mondial réunissant les spécialistes de la discipline. S'il avait décidé d'obtenir la tête de Grégory Cloud, ce dernier était mal en point.

— Je croyais les mœurs universitaires plus pacifiques.

— Détrompez-vous, superintendant : nid de vipères et panier de crabes. Et ce sont généralement les pires qui sortent vainqueurs.

— Si cet Allister était persuadé de discréditer son collègue, aucune raison de l'assassiner !

— Jusqu'à présent, ses démarches n'ont pas abouti. Peut-être avait-il décidé de recourir à une méthode plus expéditive. Quoi qu'il en soit, un interrogatoire s'impose.

Marlow remercia le ciel d'avoir Higgins à ses côtés. Ce style de contact ne l'emballait pas.

La salle à manger était encore plus dépouillée que le salon. Après avoir examiné les pieds des quatre chaises comme il l'avait fait pour ceux des fauteuils, Higgins se glissa sous la table ronde et repéra un petit morceau de scotch qui retenait une minuscule clé. Équipé de gants réglementaires, il la détacha et la montra à Marlow.

— La dernière génération de clés USB.

— Pouvez-vous la décrypter ?

— Voyons ça.

Le portable de Marlow n'était pas en vente dans les magasins où se fournissait le grand public. Parmi ses applications, les derniers progrès des services technologiques de Scotland Yard.

Au terme d'une série de manipulations, le superintendant obtint un résultat.

— Regardez et écoutez, Higgins.

Un film montrait un grand gaillard maigrichon aux cheveux blonds et longs, torse nu, en short rouge. Derrière lui, une jeune femme, sosie de la comédienne Jane Birkin, dépassant son compagnon d'une bonne tête. Elle avait oublié de mettre le moindre vêtement et sautait à la corde.

— Nous, Ken Muffin et Titania Nasby, clamait le grand blond, déclarons illégale la pensée totalitaire du professeur Cloud ! Vanter le carbone, c'est un crime contre l'humanité et la planète ! Avoue tes méfaits, confesse tes erreurs. Sinon, nous te châtierons à la mesure de tes fautes !

Le film s'interrompit.

— Court, mais dense et instructif, jugea Higgins. Et il n'est pas certain que cette demoiselle n'ait rien à cacher.

— Ces deux-là, promit Marlow, qui lança aussitôt une recherche, on va les titiller.

Higgins passa dans la cuisine. Des ustensiles ordinaires, à l'exception d'un couteau enveloppé dans une serviette et caché derrière un flacon de produit pour lave-vaisselle.

Une lame ancienne, effilée et redoutable. Sur le manche, des caractères chinois que l'ex-inspecteur-chef déchiffra : le nom d'une femme, Cynthia Li. Un simple achat du professeur ou, plus probablement, une menace émanant de cette Asiatique ? Marlow lança une nouvelle recherche.

Après la cuisine, Higgins aborda la douche et l'armoire de toilette. Tout au-dessus, une réserve de tubes de dentifrice. Il ôta les emballages et découvrit un feuillet plié en quatre. Un projet de lettre : « Du professeur Cloud à Nijan Khandi. Je sais tout sur vous. Cessez vos attaques. » Et une mention manuscrite : « Trop brutal. À développer. »

Tandis que Scotland Yard partait sur la piste de Khandi, Higgins pénétra dans la chambre, monacale. Le tiroir de la table de nuit en bois blanc étant fermé à clé, il se servit de son outil magique.

La triste relique exhumée le mit mal à l'aise. Une photo d'une femme brune, jolie, élégante, d'une quarantaine d'années. Mais un portrait rayé de noir, comme s'il s'agissait d'une image de deuil. Sous ce document, une autre photo, celle d'un homme costaud, la quarantaine lui aussi, vêtu d'une veste brune et d'un pantalon mauve. Épanoui et rondouillard. Un nom écrit d'une écriture rageuse : Baldur Genoviès. Et un trait rouge tracé avec tant d'irritation que le papier était presque déchiré.

— L'amant de l'épouse défunte du professeur ? suggéra le superintendant.

— Hypothèse intéressante, admit Higgins.

— Superbe butin ! Nous avons du pain sur la planche.

Comme s'il avait échoué, l'ex-inspecteur-chef ne manifesta aucune satisfaction.

— Il y a autre chose, murmura-t-il.

Avec sa méticulosité habituelle, Higgins recommença ses investigations, se concentrant cette fois sur le parquet. Celui du salon présentait une anomalie : une latte plus claire que les autres. Une nouvelle fois, l'outil tout-terrain fut efficace.

Dans la cavité, deux carnets à spirale. Le premier était consacré à un nommé Ahmed Durani qui sollicitait un ministre en lui proposant de chasser le professeur Cloud de la scène publique. Celui-ci avait accumulé les indices reliant les deux personnages. Le nom du politicien stupéfia le superintendant.

— Lui, un défenseur acharné de la démocratie et de l'honnêteté absolue… Je finirai par croire qu'à partir d'une certaine somme, tout le monde écoute ! D'après les chiffres et les révélations de ce document, le ministre, en échange d'une promesse de rémunération occulte, acceptait de détruire le professeur Cloud !

— À vérifier, tempéra Higgins, qui ouvrit le second carnet.

Une bonne cinquantaine de pages remplies de formules. Un titre en clair : « Recycler le CO_2 des océans pour le transformer en carburant liquide ».

— 8 —

Pris d'un vertige, Marlow fut contraint de s'asseoir. Higgins ne s'était pas trompé. Ce modeste appartement était bien une sorte de coffre-fort, et les trésors qu'il préservait n'avaient rien de réjouissant. L'affaire Cloud risquait de se révéler explosive. Un politicien, deux professeurs de Cambridge et d'autres intervenants peut-être du même calibre... de quoi subir un léger coup de mou.

— Ne négligeons pas les fondamentaux, recommanda Higgins, à commencer par l'enquête de proximité et la recherche d'éventuels témoins oculaires. Après vous avoir agressé, l'assassin a dû prendre ses jambes à son cou. Un personnage cagoulé et vêtu de noir, en pleine canicule, devrait avoir attiré l'attention.

— Au moins, se réconforta Marlow, nous avons une certitude : le professeur Cloud a été tué de deux balles en plein cœur le lundi 4 juillet à seize heures. J'ai regardé ma montre en grimpant l'escalier.

— Réglons un détail administratif : auriez-vous l'obligeance de contacter la grande patronne de Scotland Yard, de lui décrire la situation, de lui signaler ma présence et de lui annoncer que je désire avoir les mains entièrement libres, quels que soient les suspects ?

Marlow n'eut pas longtemps à attendre, car sa supérieure hiérarchique jugeait le dossier prioritaire et se demandait à qui le confier, en raison de l'immobilisation forcée du superintendant. Elle s'étonna de le savoir si vite au travail, mais se félicita de ce prompt rétablissement. Les premiers éléments, en revanche, ne l'enchantèrent pas. Quant à l'intervention inopinée de Higgins, elle provoqua une intense et brève réflexion. S'il sortait de sa retraite, c'est que l'affaire était délicate. Ou il réussissait à la résoudre, et le mérite en reviendrait à Scotland Yard, ou il échouait, et les torts retomberaient sur lui. Quant au ministre dont Marlow avait cité le nom, il n'était pas du même bord que la haute dirigeante, qui ne déplorerait pas sa chute. Carte blanche fut donc accordée à l'ex-inspecteur-chef.

Rasséréné, Marlow ne se sentait pourtant pas vaillant. Higgins perçut sa baisse de régime.

— Nous approchons de l'heure du déjeuner. Une pizza vous requinquera.

*

Sympathique en diable, la cinquantaine épanouie, le patron de la Pizzeria Latina accueillit les deux hommes avec un large sourire.

— Avez-vous réservé, messieurs ?

— Scotland Yard, déclara Marlow. Nous aimerions vous poser quelques questions.

Le sourire commercial s'affadit.

— À propos du drame d'en face ?

— Exactement.

— Bien sûr, bien sûr... Je ne sais pas trop ce qui s'est passé, mais vu les voitures de police, l'ambulance et tout le reste, ça devait être grave !

— Nous aimerions aussi déjeuner, ajouta Higgins.

La jovialité réapparut.

— Je vous installe à ma meilleure table ! Permettez-moi de vous offrir le cocktail maison et de vous présenter mon meilleur menu.

Redoutant une entorse assez considérable aux principes de la diététique moderne, Higgins accepta néanmoins la proposition, de manière à créer un climat de confiance.

Petites tables de bois, sièges confortables, murs peints en blanc et en vert clair, grandes photos représentant des monuments de Rome et de Florence : une atmosphère italienne, un cadre agréable et sans prétention.

Sur un signe du patron, un serveur s'empressa d'apporter des antipasti, puis versa un liquide ambré dans trois verres.

— Je m'appelle Angelo Rinaldo, et je vous présente mon bras droit, Leonide Tarquini. Un bosseur comme on n'en trouve plus !

Grand, très brun, âgé de vingt-neuf ans, l'interpellé s'inclina.

— À nous deux, précisa Rinaldo, on a monté cette pizzeria, et on ne chôme pas. Que pensez-vous de mon cocktail ?

Le mélange de vins cuits était plutôt tonique, et les antipasti délicieux.

— Qu'est-ce qui s'est vraiment passé en face ? s'inquiéta le patron. Dans la rue, on a parlé de meurtre.

— C'en était bien un, confirma Higgins.

— On a tué qui ?

— Le professeur Grégory Cloud. Le connaissiez-vous ?

— Ça ne me dit rien... Quelle tête avait-il ?

Sur l'écran de son portable, Marlow afficha une photo de la victime. Angelo Rinaldo l'examina attentivement.

— Jamais vu. Leonide ! Regarde. As-tu croisé ce bonhomme ?

Tarquini hocha la tête négativement.

— Cloud n'était donc pas l'un de vos clients, nota Higgins.

— Sûrement pas !

— Et s'il n'était venu qu'une ou deux fois ?

— J'ai la mémoire des visages. Un client que j'ai servi une fois, je m'en souviens !

— Votre établissement est un poste d'observation idéal, me semble-t-il.

— Vous pouvez le dire ! s'exclama Rinaldo, pas peu fier. Je suis le seul commerce de la rue et, avec cet été torride, nous disposons même des tables sur le trottoir.

— Donc, le lundi 4 juillet à seize heures, vous avez forcément assisté à une scène inhabituelle.

L'Italien fronça les sourcils.

— Ah... non. Je ne pouvais rien voir du tout.

— Pour quelle raison, monsieur Rinaldo ?

— 9 —

— Le lundi, révéla le patron, je suis fermé. Le matin, je dors jusqu'à onze heures. Ensuite, je déjeune avec Leonide, et nous nettoyons l'établissement du sol au plafond. Indispensable, malgré le ménage quotidien.

Des clients entrèrent. Leonide Tarquini les installa, puis apporta un premier plat aux policiers.

— Carpaccio de viande séchée de cerf aux pruneaux, commenta Angelo Rinaldo. Huile d'olive, vinaigre balsamique de Modène, miel liquide, roquette.

Higgins s'adressa au jeune homme :

— Lundi dernier, vers seize heures, où vous trouviez-vous ?

La question le surprit.

— Ben, comme tous les lundis, ici, pour le nettoyage ! Ce jour-là, on récure à fond. Les normes sanitaires, ça ne plaisante pas.

De nouveaux clients.

— Pardonnez-moi, dit le patron, mais on a du travail. On se reparlera au café, si vous voulez.

Le coup de feu.

Au carpaccio succédèrent des tagliatelles au pesto, aux figues et aux noix. Ail, marjolaine, pousses d'épinards et parmesan râpé donnaient au plat un raffinement que soulignait un chianti classico de grande qualité.

Tout en reprenant des forces, Marlow reçut de ses adjoints les coordonnées des suspects. Il leur ordonna de les contacter et d'organiser une série de rendez-vous, de façon courtoise, mais ferme.

Une farandole de fromages italiens, dont le roi parmesan et le prince gorgonzola, assura un interlude avant le couronnement du déjeuner : une *torta della nonna*, qui avait exigé trois heures de préparation. Cette spécialité toscane ne souffrait pas la médiocrité. Pâte brisée, crème pâtissière, pignons de pin, zeste râpé de citron bio, vanille Bourbon, maïzena, lait, œufs, farine blanche composaient cette petite merveille. Et comme il se devait, le café était à la hauteur du repas.

Pendant que son adjoint s'occupait d'une tablée de joyeux compatriotes, Angelo Rinaldo offrit aux policiers une liqueur d'abricot.

— Dur métier, se plaignit-il en s'épongeant le front. Mais ça me fait plaisir de voir des gens contents ! Avez-vous apprécié mon menu ?

— Magnifique, jugea Higgins.

— Mon cuisinier et ses aides sont des surdoués originaires de la Vénétie. Et dire qu'il va falloir arrêter, alors que ça marchait si bien...

— Pourquoi ce spleen ? questionna Marlow.

— Le Brexit. Les autorités ne nous autorisent pas à demeurer sur le sol britannique. La semaine prochaine, je boucle, et on rentre en Italie. Sacrée déception. C'est la vie, il faut l'accepter. Un an de travail acharné et cette expulsion, c'est tout de même dur à avaler.

— Habitiez-vous le quartier ? demanda Higgins.

— J'ai une chambre au-dessus du restaurant, à côté de celle qu'occupe Leonide.

— Presque en face de l'appartement du professeur Cloud, avança l'ex-inspecteur-chef. Pourrions-nous visiter les lieux ?

— Bien sûr ! Suivez-moi.

Les trois hommes empruntèrent un escalier étroit, qui aurait eu besoin d'un sérieux rafraîchissement, de même que le palier desservant deux chambrettes.

Angelo Rinaldo ouvrit la porte de celle de gauche.

— Voici mon domaine.

Les volets étaient fermés, il alluma un plafonnier. L'endroit n'avait rien de luxueux. Un lit, une armoirette, une table basse sur laquelle se trouvaient un poste de radio et une photo de famille.

— Ma femme et mes deux enfants. Ils vivent à Naples. Je comptais les faire venir ici, mais c'est raté à cause des nouvelles lois.

— Les volets sont-ils toujours clos ? demanda Higgins.

— Ça fait un bon moment que je n'y ai pas touché, à cause de la canicule.

Il les écarta légèrement. On distinguait bien le logement du professeur Cloud, étant donné l'étroitesse de la rue.

— Qui habite les étages supérieurs ?

— Personne. Au-dessus de ces chambres, il y a des WC, un cabinet de toilette et une sorte de grenier où j'entrepose du matériel.

— Devons-nous solliciter l'autorisation de M. Tarquini afin de jeter un œil chez lui ?

— Pas la peine ! Entrez donc.

Avec son portable, Marlow avait filmé la première chambre et il fit de même pour la seconde, tout aussi modeste. Volets également fermés, un lit rustique au drap rouge et noir, le portrait d'un homme au visage rugueux ressemblant à Leonide Tarquini, des vêtements éparpillés.

— Les jeunes sont de moins en moins soigneux, déplora Rinaldo. Son grand-père, qu'il vénérait, ne doit pas aimer ce désordre ! Enfin, c'est comme ça… Leonide bosse tellement qu'il ne vient ici que pour dormir.

Les yeux du grand-père en question, en effet, n'exprimaient aucun laxisme. Higgins vérifia, en entrouvrant les volets, que la perspective était identique.

— Dommage que vous soyez fermé le lundi, regretta l'ex-inspecteur-chef. Vous et vos clients auriez sûrement aperçu un homme cagoulé et vêtu de noir jaillir de l'immeuble de la victime.

— Et on lui aurait sûrement couru après ! En Italie, on a l'habitude d'attraper de petits voleurs et de leur donner une bonne leçon !

— En l'occurrence, il s'agissait d'un assassin, et vous auriez risqué gros. Merci de votre accueil et de votre excellente cuisine, monsieur Rinaldo. Ah, j'allais oublier : votre note.

— Un cadeau pour Scotland Yard.

— C'est fort aimable, mais je tiens à vous régler.

— Comme vous voudrez… Mais je ne compte pas l'apéritif et le digestif. Vous savez, j'ai beaucoup aimé l'East End.

— Bonne chance en Italie.

— 10 —

Revigoré, Marlow se sentait d'attaque pour aborder les occupants de l'immeuble du professeur Cloud. Au premier étage, un couple de retraités qui n'avait rien vu ni rien entendu, et ne se mêlait jamais des affaires d'autrui. Il ignorait même l'existence de l'universitaire.

Au deuxième, un nonagénaire cloué dans un fauteuil roulant, aveugle et sourd. Comme il refusait de quitter son domicile, une aide-soignante lui rendait visite tôt le matin et tard le soir. Ni lui ni elle ne connaissaient Grégory Cloud.

La septuagénaire du quatrième étage était une petite dame aux cheveux blancs, vêtue d'un tailleur gris fort élégant. Un regard agressif, un ton irrité.

— À qui ai-je l'honneur ?

— Inspecteur Higgins et superintendant Marlow.

Elle fixa ce dernier.

— C'est vous qui gisiez sur le palier du dessous ! Vous aviez l'air drôlement mal en point. Heureusement que j'ai appelé les secours.

— Soyez-en remerciée, marmonna Scott Marlow, un peu honteux.

— Nous accorderiez-vous un entretien ? pria Higgins.

La septuagénaire dévisagea longuement les deux policiers. Le superintendant ne l'éblouit pas, mais l'inspecteur, en revanche, avait un charme et une distinction qui tendaient à disparaître.

— Utilisez les patins et asseyez-vous sur le canapé Regency en face de mon fauteuil.

Se pliant aux consignes, les policiers découvrirent un intérieur douillet et désuet que n'aurait pas désavoué une digne demoiselle de l'époque victorienne qu'aimait tant Marlow.

Une odeur d'encaustique mêlée à celle de la lavande, un parquet admirablement ciré, des tableaux figurant des personnages rigides en habits de fête, un mobilier de valeur.

— Je m'appelle Margaret Kingsley et je suis la veuve du colonel Abercrombie Kingsley-Mitchener, dont la carrière au service de l'Angleterre fut exemplaire. Sachez que je désapprouve la dérive morale de notre société et la décadence de ses mœurs. Je vis aujourd'hui entourée des âmes des membres de ma famille, dont vous voyez les visages. Mon salon est entièrement consacré à Abercrombie, auquel j'ai toujours été fidèle. J'y expose sa photographie en pied, son uniforme, ses armes et ses décorations. Par bonheur, nous n'avons pas eu d'enfant. Que serait devenu un individu honnête dans ce monde de dégénérés ? À mon âge, subir un crime au sein de mon immeuble !

— Auriez-vous été en danger ? s'inquiéta Higgins.

— Je n'irai pas jusque-là. J'ai entendu des bruits insolites et j'ai ouvert ma porte. Quelqu'un dévalait l'escalier. En me penchant, j'ai aperçu votre collègue, inanimé.

— Vous n'avez donc pas vu l'agresseur ?

— Il avait déjà disparu. Sinon, j'aurais pointé sur lui un fusil de chasse. Je suis l'une des meilleures de mon club de tir.

— Aviez-vous des contacts avec le professeur Cloud ?

— Avec qui ?

— C'est le nom de la victime.

— Je l'ignorais. Un professeur…

— Un universitaire de Cambridge, spécialiste du carbone.

— Un résistant à la déferlante écologiste, j'espère ?

— Elle lui causait de graves problèmes.

— Tous les vieux rouges repeints en vert ! s'exclama la vieille dame. Et des millions de gogos, qu'influencent les politicards et les médias, tombent dans le piège ! Maintenant que les jeunes ne rêvent plus de communisme, ils sont obsédés par l'empreinte carbone. La bêtise humaine est sans limites.

— N'auriez-vous jamais croisé votre voisin du dessous ?

— Il ne devait pas venir souvent ici. Au moins, ce n'était pas une garçonnière, car j'aurais repéré les dévergondées ! Notez bien que je ne suis pas la meilleure observatrice du quartier. Moi, je ne passe pas mes journées derrière ma fenêtre à regarder tout ce qui se passe, comme cette Agatha Marple qui va jusqu'à utiliser une longue-vue !

— Où habite-t-elle ?

— L'immeuble à gauche de la pizzeria, dernier étage. Elle dispose d'une vue panoramique.

— Lundi dernier, le 4 juillet, à seize heures, était-elle à son poste ?

— Bien sûr ! J'ai l'impression qu'elle ne dort jamais. Même la nuit, elle épie.

— Lui avez-vous parlé du drame ?

Margaret Kingsley s'offusqua.

— Vous n'y songez pas, inspecteur ! Nous n'avons pas les mêmes valeurs. Cette femme est antimilitariste et milite en faveur de l'abolition de la royauté.

Higgins se releva, Marlow l'imita.

— Votre témoignage nous a été fort utile, madame. Une dernière question : la Pizzeria Latina est-elle fermée le lundi ?

— En effet, mais ce n'est pas du repos pour le patron, Rinaldo, et son bras droit, le jeune Tarquini ! Les employés ont un jour de congé, mais eux, ils lavent, récurent et font tout briller comme un penny neuf ! Courageux et soigneux, ces Italiens. Et leurs tagliatelles au pesto, aux figues et aux noix, quel délice ! Je vous avoue que je m'accorde cette gourmandise tous les mardis. Mon mari n'aimait pas ce genre de plat exotique, mais il me pardonnerait cette excentricité.

— 11 —

Pris d'un espoir consistant, Higgins et Marlow traversèrent la rue et grimpèrent jusqu'au dernier étage de l'immeuble de la guetteuse.

Le superintendant sonna. Pas de réponse. Il insista en vain.

— Vous cherchez quelqu'un ? questionna la voix acide du voisin du dessous.

Avec sa tête carrée et ses épaules de déménageur, le quinquagénaire avait de quoi impressionner un cambrioleur.

— Scotland Yard, dit Marlow. Nous aimerions parler à Agatha Marple.

— C'est pas trop tôt ! Enfin, vous épinglez cette vieille voyeuse ! Depuis le temps qu'elle épie tout le monde et qu'aucune plainte n'aboutit.

— Elle n'est pas chez elle, semble-t-il.

— Elle est partie en voyage hier matin.

— Pour quelle destination ?

— L'Écosse sauvage. L'exploration de zones désertes. À soixante-deux ans, cette harpie se prend pour Rambo et s'en vante. Remarquez, si le monstre du Loch Ness l'entraînait au fond du lac, je viderais une bouteille de whisky !

★

Après avoir joint un collègue écossais en le priant de trouver au plus vite Agatha Marple, Scott Marlow fit démarrer en douceur la vieille Bentley assommée par une température de trente-quatre degrés. Stimulant ses soupapes et ménageant ses amortisseurs, elle se dirigea en souplesse vers Regent's Canal qui, au XIXe siècle, reliait Londres à Liverpool. La résidence d'Ahmed Durani se composait de trois longues péniches portant une inscription en lettres géantes, « Planète froide ». Assez loin des marchés populaires pour ne pas être importuné par le bruit, le propriétaire était amarré sous des bâtiments anciens, évoquant un château. Des saules agrémentaient le paysage. Qui aurait pu croire que l'on se trouvait au cœur d'une mégapole ?

Une passerelle menait à la première péniche, mais un vigile, à l'impressionnante carrure, en interdisait l'accès.

Marlow passa le premier.

— Stop, ordonna le vigile.

— Scotland Yard. Écartez-vous.

Le costaud brandit une matraque.

— J'aime pas la police. Dégage.

Légaliste, Marlow avait horreur que l'on humilie les institutions. Et comme le déjeuner italien l'avait requinqué, il adopta l'allure d'un taureau irrité.

— C'est toi qui dégages, mon gars. Sinon, tu vas prendre un bon bain.

— Vous... vous êtes vraiment la police ?

— C'est ça. Et on a même rendez-vous avec ton patron.

— M. Durani ?

— Lui-même.

— Je... je le préviens.

— Ne te perds pas en chemin.

Le vigile se montra véloce. Il réapparut avec un large sourire aux lèvres.

— M. Durani vous attend.

Les deux policiers empruntèrent paisiblement la passerelle et aboutirent à un portail imitant celui d'un palais ottoman. Des incrustations de jaspe et de topaze, un vernis bleu pâle, des végétaux stylisés. Un décor inhabituel dans l'univers pourtant multiculturel des péniches londoniennes.

— Entrez, recommanda une voix grave et puissante.

Le superintendant franchit le seuil le premier. Il découvrit une exposition de dizaines de meubles en bois, chaises, armoires, guéridons, tables, panneaux sculptés.

Au fond de la pièce, un homme en djellaba d'une trentaine d'années, assis sur une sorte de trône en ébène. Altier, puissant, il ressemblait à l'acteur Omar Sharif.

— Alors, j'ai l'honneur de recevoir la visite de Scotland Yard !

— Superintendant Marlow et inspecteur Higgins.

— Approchez, messieurs. Je ne vous mordrai pas.

L'atmosphère était plutôt étouffante. Une lumière douce baignait cet entrepôt.

— J'aime le bois, révéla Ahmed Durani. Selon moi, c'est le matériau le plus noble. Tout ce mobilier, je l'ai façonné de mes mains. Dès que j'ai un peu de loisir, je me transforme en menuisier. Je m'améliore sans cesse, et le plaisir augmente. Mais à propos... Pourquoi désirez-vous me voir ?

— Pour vous parler du professeur Grégory Cloud.

— Ah...

Ahmed Durani se dressa de toute sa masse.

— Suivez-moi.

— 12 —

Un sas permettait d'accéder à une deuxième péniche dont l'intérieur était fort différent de celui de la première. Un salon de grand luxe, avec des canapés et des fauteuils de cuir blanc, un bar en acajou, des glaces vénitiennes du XVIe siècle et des tapisseries de la Renaissance italienne.

Ahmed Durani avait ôté sa djellaba, et apparut en polo noir et en pantalon blanc.

— Puisqu'il faut causer, causons en buvant quelque chose de convenable. Un whisky écossais de trente ans d'âge ? Et ne m'objectez pas que vous êtes en service !

D'autorité, Durani versa un superbe liquide ambré dans trois verres en cristal, et les présenta à ses hôtes, qui ne les refusèrent pas.

— Asseyons-nous et soyons transparents ! Je suis né en Arabie Saoudite, dans une famille richissime, et j'ai pris conscience du terrible péril qui nous menace tous : le réchauffement climatique, dont les humains et la folie du carbone sont responsables. C'est pourquoi j'ai fondé l'ONG Planète froide. Le démarrage est satisfaisant : subsides de l'ONU, articles élogieux, appui des réseaux sociaux. Un début prometteur !

— Ne redoutez-vous pas une nouvelle ère glaciaire ? s'enquit Higgins.

— Vous plaisantez ? Toutes les études prouvent que la planète va, au minimum, se réchauffer de six degrés dans les prochaines années. Et ce sont les prévisions optimistes !

— Pratiquez-vous un sport ? demanda l'ex-inspecteur-chef.

— Drôle de question ! Pourquoi cela vous intéresse-t-il ?

— Simple curiosité. Je vous imagine en champion.

— Vous vous trompez ! Je ne suis qu'un amateur de boxe, mais je ne me défends pas trop mal. C'est une belle école de vie. Si l'on ne sait pas parer les coups, on est puni. Mais si l'on sait frapper à bon escient, on gagne.

— Est-ce votre cas ?

— Je m'y efforce. Le « noble art », comme on appelle la boxe, m'inspire.

— Auriez-vous affronté le professeur Cloud sur un ring un peu particulier ?

Durani eut un étrange sourire.

— Votre délicatesse m'enchante ! Je jurerais que vous détenez les clés de la science du palabre dont nous autres, les Arabes, sommes les maîtres. D'abord, contourner le sujet principal, enfumer l'interlocuteur, puis porter le coup fatal ! C'est ainsi que nous avons gagné tant de batailles.

— Auriez-vous terrassé Grégory Cloud ?

— Pas encore ! Mais soyez certains que j'y parviendrai.

— Inutile de dilapider votre énergie.

— M'interdiriez-vous de combattre un obscurantiste, adepte du carbone ?

— Le professeur Cloud a été assassiné.

Le visage de Durani se figea. Il absorba une goulée de whisky.

— Même l'humour britannique a ses limites ! Ce n'est qu'une mauvaise plaisanterie, j'espère ?

— Où vous trouviez-vous le lundi 4 juillet à seize heures ?

Le regard du patron de Planète froide se transforma en lance-flammes.

— M'accusez-vous de meurtre ?

Higgins sortit de sa poche un carnet noir et un crayon.

— Simple routine policière. Vous possédez certainement un alibi en béton.

— Justement pas ! Le lundi, je le garde pour moi. C'est le jour où je fabrique mes meubles. Et j'interdis qu'on me dérange. Malheureusement, je n'ai pas le sentiment que vous soyez du genre à me croire sur parole.

— Ce ne serait pas professionnel.

Ahmed Durani sourit.

— Si vous abattiez vos cartes, inspecteur ?

Higgins consulta ses notes.

— Le professeur Cloud n'était-il pas votre ennemi juré ?

— Pas seulement le mien ! Englué dans son carbone, ce vieux fou plaidait sa cause, ignorant les preuves absolues qui démontraient sa nocivité ! Ce genre de cerveau rabougri cause le plus grand tort à l'humanité. Bien que je n'y sois pour rien, sa mort ne m'attriste pas, au contraire ! Lui disparu, les adeptes du CO_2 perdent leur principal porte-parole, et c'est un pas décisif pour le progrès écologique. Comment un scientifique peut-il s'égarer à ce point ?

— Si je ne m'abuse, précisa Higgins, vous avez entamé des démarches pour ternir sa réputation, le déchoir de son titre de professeur honoraire et le réduire au silence.

Le sosie d'Omar Sharif garda un long silence, chargé d'agressivité. Marlow craignit qu'il ne s'emparât d'une arme et n'attaquât son collègue dans un déchaînement de violence.

— C'est exact, reconnut Ahmed Durani. Et j'avais l'intention de réussir.

— 13 —

Bouillonnant, Durani se resservit un whisky, marcha de long en large pendant deux bonnes minutes et se rassit lourdement.

— C'est incroyable ! Le monde entier sait que la planète brûle, un imbécile nie l'évidence, et vous osez m'importuner parce que je dénonce son incompétence !

— Quels qu'aient été les qualités et les défauts du professeur Cloud, déclara Higgins, il a été la victime d'un assassin. Il est indispensable de l'identifier. Ce n'est qu'une goutte de vérité dans l'océan du mensonge, mais telle est la mission qui doit être remplie.

Ahmed Durani considéra l'ex-inspecteur-chef avec étonnement.

— Une police métaphysique... ça n'existe qu'en Angleterre !

— Avez-vous rencontré Grégory Cloud ? interrogea Higgins.

— Non, et je le regrette ! Une franche discussion m'aurait peut-être permis de le convaincre d'admettre ses erreurs. Parfois, un affrontement sans faux-fuyant procure un résultat positif. Je me suis contenté de lire ses articles insensés dans le *Times*, qui aurait été avisé de les refuser !

— Seriez-vous opposé à une presse libre ? s'offusqua Scott Marlow.

— Libre, libre, c'est vite dit ! Un arriéré comme Cloud ne devrait pas avoir le droit de désinformer ses concitoyens. Pourquoi un tribunal ne lui a-t-il pas cloué le bec ?

— Ne seriez-vous pas l'ami d'un autre professeur de Cambridge, John Arthur Allister ? questionna Higgins.

— Désolé ! Je ne fréquente pas encore vos autorités universitaires. Un tort, sans doute. Cet Allister est-il un allié du carbone, lui aussi ?

— Non, un contempteur résolu. Fréquentez-vous l'East End, monsieur Durani ?

Durani serra son verre à le briser.

— Ce n'est pas mon quartier préféré. J'ai trouvé mon bonheur ici, et je le goûte pleinement quand je ne suis pas en voyage à travers le monde. Si le destin me l'accorde, je goûterai tôt ou tard les charmes de votre belle capitale, East End compris.

— N'auriez-vous pas reçu l'appui d'autres dirigeants d'ONG prônant les vertus de l'écologie ?

— Je ne compte que sur moi-même, inspecteur ! Mais si des sympathisants souhaitent me rejoindre, je ne les repousserai pas.

— Une Chinoise, Cynthia Li, par exemple ?

L'Arabe leva les bras au ciel.

— Les Chinois sont partout et, demain matin, ils seront la première puissance mondiale ! Mais celle-là, je ne la connais pas. Pourvu qu'elle se joigne à la cause de tous les écologistes que défend le chef de la République populaire de Chine ! Nous sommes à l'aube de la plus formidable des révolutions, aucun habitant de notre petite planète n'y échappera.

— C'est également l'avis de votre ami Khandi ?

— Mon ami ? Où avez-vous été pêcher ça ?

Higgins tourna la page de son carnet.

— Je me suis trompé, pardonnez-moi. Genoviès, Muffin, Nasby… Vos relations d'affaires ?

— Sûrement pas ! J'ai une excellente mémoire, et j'affirme que les personnes que vous citez me sont inconnues.

L'ex-inspecteur-chef écrivit un autre nom sur une page blanche, la détacha et la présenta à Ahmed Durani.

Furieux, ce dernier déchira le feuillet en mille morceaux.

— Vous allez trop loin, inspecteur !

— Quand il s'agit d'arrêter un assassin, je ne me fixe pas de limites.

— Ce qui signifie ?

— Que vous avez acheté ce ministre pour briser les reins du professeur Cloud.

— Vous… vous…

— Serait-ce inexact ?

Le menton de Durani s'abaissa vers sa poitrine. Un instant terrassé, il ressuscita en se relevant d'un élan furibond, et affronta les deux policiers.

— Nous vivons un moment historique, messieurs. Demeurer inerte est impardonnable. Ne pas lutter contre le carbone, c'est accepter la condamnation à mort de notre planète. En un tel cas d'urgence absolue, tous les moyens sont bons. J'ai en effet conclu une alliance avec un personnage haut placé afin de faire taire ce monstre de Cloud et d'interrompre sa croisade démoniaque en faveur du carbone. Mais puisque ce professeur insensé est mort, le problème est résolu. Et ce n'est pas moi qui l'ai assassiné.

— Accuseriez-vous le ministre ?

— Bien sûr que non ! Il n'était pas question de recourir à la violence, mais d'imposer le silence à Cloud en lui déniant toute compétence.

— 14 —

Ce que redoutait le superintendant ne manqua pas de se produire. Higgins lui demanda de contacter le ministre en citant les noms de Cloud et de Durani, et en sollicitant un entretien urgent. Le sésame « Scotland Yard » fonctionna, et le secrétariat accepta de lui passer le politicien. À peine ce dernier avait-il évoqué le professeur de Cambridge et le patron de l'ONG Planète froide que le ministre énonça sèchement : « Pub Fryers, vingt-trois heures précises », et raccrocha.

— Il a réagi à une allure de sprinter, constata Marlow. De là à supposer qu'il n'a pas la conscience tout à fait tranquille...

— Étant à la retraite, je lui indiquerai que notre rencontre est officieuse et sera sans conséquence pour sa carrière. En échange, j'exigerai la vérité.

Le superintendant n'aurait pas aimé être à la place du ministre, pourtant beau parleur et très à l'aise dans les médias.

— Direction la banlieue sud et le nouveau quartier écolo, annonça-t-il. Mlle Li nous attend.

Bien que le soleil commençât à décliner, la température baissait à peine. Il fallait vraiment que la vieille Bentley eût le sens du devoir pour continuer à rouler.

★

Voitures interdites, bacs où poussaient des légumes, immeubles végétalisés : le nouveau quartier décarboné n'était pas encore entièrement habité, à cause du prix des loyers, mais des militants verts venus du monde entier ne tarderaient pas à déferler. La Bentley se gara à l'entrée du domaine.

On ne pouvait pas rater la maison du futur où résidait Cynthia Li. Entièrement en verre plus ou moins fumé, dressée sur une armature de bois et de béton, elle comptait trois étages pour une surface de deux cents mètres carrés. Un impératif : les économies d'énergie. Grâce aux matériaux intelligents et à l'électroménager connecté, le bâtiment incarnait l'avenir.

En passant sur une dalle, les deux policiers déclenchèrent une alarme. Une voix enregistrée ordonna :

— Identifiez-vous et donnez le motif de votre visite.

— Scotland Yard, déclara Marlow. Nous avons rendez-vous avec Mlle Li.

Une caméra pointa vers les arrivants. Un panneau en verre très fumé s'entrouvrit.

— Vous pouvez entrer, décréta la voix métallique. Vous serez scannés pour savoir si vous portez une arme.

Higgins ne s'équipait jamais du moindre revolver, et Marlow avait laissé le sien dans la Bentley. Aussi franchirent-ils sans difficulté le portique de sécurité, laquelle était assurée de manière maximale dans la maison du futur.

Apparut une grande Chinoise d'une trentaine d'années, jolie et souriante, coiffée d'un panama, vêtue d'une longue robe rouge vif et pieds nus. De superbes cheveux noirs se déployaient en vagues abondantes sur ses épaules. Elle portait de longs gants noirs.

— Ravie de vous accueillir chez moi, dit-elle d'une voix suave et envoûtante. Je n'habite ici que depuis quelques mois, mais je me félicite de la coopération de nos gouvernements pour promouvoir l'habitat écologique. Ainsi, vous êtes de la police ?

— Superintendant Marlow. Je vous présente l'inspecteur Higgins.

La jeune femme parut troublée.

— Serait-ce vous, inspecteur, qui avez résolu une délicate affaire à l'Institut Confucius de Greenwich, voilà quelque temps ?

— En effet, mademoiselle[1].

— J'y ai étudié la civilisation britannique pendant une année, et le directeur ne tarissait pas d'éloges sur votre intervention si efficace, qui n'avait causé aucune dissension entre la Chine et le Royaume-Uni. Il paraît que vous connaissez aussi bien l'enseignement de Confucius que celui de Lao-tseu, et que vous lisez le mandarin.

1. *Le Crime de Confucius*, Les Enquêtes de l'inspecteur Higgins, n° 10.

— Compliment très excessif, mademoiselle. Comme beaucoup, je m'intéresse à cette prodigieuse culture.

— Avez-vous visité la Chine ?

— J'ai eu cette chance, il y a longtemps.

— Je vous recommanderai en tant qu'hôte d'honneur. Notre président transforme le pays de façon remarquable pour en faire la première puissance mondiale, en avançant d'un pas ferme sur le chemin de l'écologie et de la sauvegarde de la planète. Je suis chargée de transmettre son message à votre grande nation et d'affermir nos liens amicaux.

Autrement dit, pensa Higgins, cette jolie jeune femme était un cadre important du Parti communiste et remplissait une mission de lobbying au service de la nouvelle Chine.

Sous ses dehors aimables ne cachait-elle pas un tempérament d'acier et une détermination sans faille ?

— Le soir, révéla-t-elle, je me contente d'un en-cas. Je serais heureuse de le partager avec vous.

— 15 —

La vaste pièce du rez-de-chaussée se composait d'un salon, d'une salle à manger et d'une cuisine ouverte. Chaises métalliques, éclairage basse tension, tables en bois brut, vaisselier en citronnier.

Sur un guéridon en albâtre, des sushis au thon enroulés dans des feuilles d'algues séchées, une sauce au gingembre, au soja et au raifort, du riz lavé avant la cuisson et du thé.

Du point de vue de Higgins, le pire menu. Personne ne savait qu'il était le seul sujet de Sa Majesté à détester le thé, qui lui soulevait le cœur. Quant au poisson cru, il l'évitait soigneusement.

Une particularité frappa Higgins : la qualité et la variété des parfums, qui créaient une atmosphère vaporeuse.

La Chinoise ressentit le trouble de l'ex-inspecteur-chef.

— Idéologiquement, je soutiens tous les mouvements écologistes ; professionnellement, je suis à la tête d'une entreprise qui fabrique des parfums en tenant compte du commerce équitable. On a beaucoup trop pillé les pays qui fournissent, à bas prix, la matière première à des firmes occidentales. Je crée aussi des crèmes régénérantes.

D'un buffet en merisier, la jeune femme sortit plusieurs petits pots aux couleurs variées. Un à un, elle les ouvrit.

— Avocat, noix de coco, carotte et miel : ce masque redonne de la jeunesse au visage. Le deuxième efface les points noirs, le troisième les rides, le quatrième les rougeurs. Chaque crème a sa spécificité et contribue à la régénération de la peau. Qu'y a-t-il de plus précieux que la beauté ? Mais dites-moi : pourquoi cette visite ?

— Le professeur Grégory Cloud, répondit Higgins.

Le charme de la Chinoise disparut brutalement. À sa place, une expression haineuse.

— Parfois, déplora-t-elle, on a trop le respect de l'individu. Si j'avais le courage de mes ancêtres, je trancherais la tête de ce démon ! Aujourd'hui, oser plaider la cause du carbone et du CO_2, en pleine crise du réchauffement climatique, c'est une faute impardonnable ! Ce professeur indigne devrait être condamné pour crime contre l'humanité.

— L'auriez-vous rencontré ?

La jeune femme s'assit sur un tabouret jaune, dégusta un sushi et but une gorgée de thé.

— L'un de mes pires souvenirs. Après la lecture d'un de ses articles délirants, j'ai été tellement choquée que je me suis rendue à Cambridge, où il a l'impudence de dispenser encore des conférences, teintées de climatoscepticisme. Au terme de sa désastreuse péroraison, j'ai osé l'aborder en lui témoignant mon indignation.

— Comment a-t-il réagi ?

— De façon courtoise, j'en conviens. Il m'a écoutée sans m'interrompre, puis a tenté de démonter mon argumentation, fondée sur des preuves scientifiques irréfutables. Il revenait sans cesse à la théorie de la pensée unique, au nom de laquelle les données étaient manipulées et orientées de manière partiale. Je lui ai conseillé de cesser son délire, mais il était décidé à poursuivre son combat. Alors...

Tendue, la Chinoise dégusta un deuxième sushi et une cuiller de riz.

— Alors, je lui ai remis un couteau ancien, inscrit à mon nom. « Ou bien vous vous taisez définitivement, ai-je exigé, ou bien cette arme magique vous tuera. » Cette mise en garde l'a fait rire ! « Pas très scientifique, a-t-il commenté ; mais j'accepte le cadeau. Cette belle lame découpera la viande à merveille. »

Irritée, elle dévora trois sushis à la queue leu leu.

— Cet insensé s'est moqué de ma menace de mort, parce qu'il ignore la légende des poignards volants. Ils châtient les mauvais esprits comme ce Cloud.

— Si je vous suis bien, analysa Higgins, ce couteau aurait fini, tôt ou tard, par prendre son envol et transpercer le professeur.

— Inévitable.

— Il s'agirait donc d'un crime prémédité.

— Non, inspecteur. D'un châtiment mérité et indispensable. Les démocraties deviennent irresponsables, à force de laxisme. À la Chine de montrer l'exemple en exerçant la rigueur nécessaire. Les nuisibles comme ce Cloud ne méritent pas de vivre. C'est pourquoi j'ai confié à ce couteau magique la mission de supprimer ce malfaisant.

Les aveux bizarres de cette Chinoise désarçonnaient Marlow. Si elle était sensée, elle ne croyait pas un mot de la fable qu'elle avait racontée, mais essayait de justifier la présence de son couteau chez la victime.

— D'une certaine manière, révéla Higgins, votre malédiction s'est concrétisée.

Cynthia Li parut intriguée.

— Pourriez-vous être plus clair ?

— Le professeur Cloud a été assassiné.

— Par le poignard volant ?

— Non.

— Que s'est-il passé ?

— Le lundi 4 juillet à seize heures, où vous trouviez-vous ?

Higgins n'avait pas haussé le ton, mais la Chinoise, déstabilisée, marcha de long en large pendant une bonne minute, avant de défier l'ex-inspecteur-chef.

— Vous osez me soupçonner ?

— Ne vouliez-vous pas tuer le professeur Cloud ?

— Si, mais… je ne suis pas coupable !

— Si vous répondiez à ma question ?

— 16 —

Cynthia Li s'assit devant un miroir et passa délicatement la main sur le rebord.

— Cette maison a été entièrement construite par des robots et une imprimante 3D, déclara-t-elle, non sans fierté. Ce miroir digital et connecté analyse mon reflet et me prodigue des conseils de beauté. Par commande vocale, j'obtiens la météo ou la musique que je désire entendre. Et c'est également mon agenda.

Elle prononça un mot de code en mandarin, et son emploi du temps apparut sur l'écran. La Chinoise grossit la case du 4 juillet.

— Une journée atrocement caniculaire, constata-t-elle. La température de ma maison s'est adaptée et, avec un minimum d'énergie, a maintenu une agréable fraîcheur. Recommandation impérieuse : ne pas sortir. Trop de pollution, danger pour la peau. Je suis donc restée ici et j'ai élaboré la formule de ma prochaine crème parfumée anti-pattes-d'oie.

— Des contacts téléphoniques ? demanda Higgins.

Elle consulta les données.

— Mon ordinateur de bureau a reçu des messages et a répondu de lui-même.

— Vous n'avez donc vu personne, ce jour-là ?

— Mon miroir connecté est formel. Vous ne trouverez pas de meilleur témoin.

« Un témoignage qu'une informaticienne, même moyenne, n'aurait eu aucun mal à fabriquer », pensa Marlow.

— Êtes-vous sportive ? interrogea Higgins.

— Depuis ma petite enfance, précisa Cynthia Li, je pratique plusieurs sports de combat. Dans notre monde, une femme doit savoir se défendre.

— Prendre un mauvais coup… Ne mettez-vous pas votre beauté en danger ?

Elle sourit.

— Des mauvais coups, j'en ai encaissé lors de mon apprentissage, et je me suis soignée avec des crèmes traditionnelles. La maîtrise acquise, ce sont mes adversaires qui ont été amochés.

— J'ai entendu parler d'une salle consacrée aux arts martiaux dans l'East End, avança Higgins ; la fréquentez-vous ?

— Ma propre salle d'entraînement, au deuxième étage de ma maison, me suffit. Les figures les plus complexes et les plus grands combats ont été enregistrés, et je me bats quotidiennement contre des hologrammes intelligents afin de me maintenir au sommet. Il y a un mois, environ, un petit voyou a tenté de m'arracher mon sac à main. Il n'est pas encore sorti de l'hôpital.

Troublé, Scott Marlow se demanda si le personnage tout de noir vêtu qui l'avait agressé n'était pas cette femme.

Les yeux rivés sur le miroir connecté, Higgins prit des notes.

— En raison de votre mission, mademoiselle, vous avez probablement recherché des appuis.

— Bien entendu.

— Un autre professeur de Cambridge, John Arthur Allister, par exemple ?

— Quel merveilleux savant ! Voilà longtemps qu'il défend l'écologie et dénonce les thèses absurdes de Cloud. L'Institut Confucius verse une contribution à son association de lutte contre le CO_2. Allister a compris que la Chine serait un allié précieux dans ce rude combat pour la sauvegarde de la planète. Un homme généreux et fascinant, qui avait entrepris une courageuse démarche pour ôter à Cloud ses titres universitaires et le rabaisser au rang d'obscurantiste.

— Un assassin potentiel ?

Cynthia Li sursauta.

— Inspecteur, ne divaguez pas ! Le professeur Allister est une sommité mondialement reconnue et une autorité morale. Sa seule arme, c'est la science.

— C'est également le cas d'Ahmed Durani et de Planète froide.

— Planète froide... Qu'est-ce que c'est ?

— Une ONG écologiste.

— Il n'y en a qu'une totalement engagée, c'est celle de Nijan Khandi, Carbone zéro, que soutient mon gouvernement. Son expérimentation, au sud de

Liverpool, est remarquable. Elle annonce notre monde futur. Dès que possible, nous nous rencontrerons et coordonnerons nos efforts.

— Vous formerez une équipe cohérente avec Ken Muffin et Titania Nasby.

La Chinoise écarquilla les yeux.

— Qui sont ces gens ?

Higgins tourna une page de son carnet.

— Pardonnez-moi, j'ai dû confondre. Ah... Auriez-vous croisé un certain Baldur Genoviès ?

— Pas du tout. Pourquoi ces questions inutiles ?

— Simple vérification de détails, mademoiselle.

— Scotland Yard a beaucoup de temps à perdre ! N'utilisez-vous pas les nouvelles technologies ?

— Si, rassurez-vous, grogna Marlow.

— Eh bien, servez-vous-en pour résoudre votre problème ! En avons-nous terminé, messieurs ?

— Pour le moment, oui.

— Je ne déplore nullement la mort du professeur Cloud. Mais je n'y suis pour rien. Et j'espère ne pas vous revoir.

« Par bonheur, se réjouit Higgins, cette charmante jeune femme a oublié de nous proposer des sushis et du thé. »

— 17 —

Marlow serra le volant de la vieille Bentley.

— Cette Chinoise a peut-être mis ses menaces à exécution. Pas d'alibi, sinon un trucage informatique. En plus, une spécialiste des sports de combat ! Cerise sur le gâteau, une maison née de l'imprimante 3D. N'aurait-elle pas servi à produire l'arme qui a tué le professeur Cloud ? Certaine que nous n'obtiendrons aucune preuve, elle nous humilie.

— Des arguments à ne pas négliger, admit Higgins.

— Il faut en savoir davantage sur Cynthia Li. Je la fais mettre sur écoute. Si ça ne donne rien, convocation au Yard et interrogatoire serré.

— Je vous le déconseille. Cette jolie personne est proche du pouvoir suprême et pourrait vous causer bien des ennuis. Sous la pression politique, vos supérieurs vous blâmeraient.

— On ne va tout de même pas baisser les bras !

— J'emprunterai un chemin plus discret.

— Méfiez-vous du ministre. Sous ses dehors de bellâtre et son ton consensuel, c'est un tueur... Enfin, vous me comprenez.

*

Ouvert depuis moins d'un an, le pub Fryers attirait les intellectuels branchés, les critiques à la mode, les artistes disruptifs, et les penseurs qui creusaient le trou noir de la pensée contemporaine. On y mangeait des plats exotiques, surtout des crevettes géantes du Laos et des insectes grillés africains, et l'on buvait des cocktails maison à base de tequila et de saké. Pour demeurer *in* et ne pas être *out*, il fallait y être vu au moins une fois par semaine.

Tous les looks étaient admis, depuis le costume bleu nuit de Higgins, jusqu'à la culotte tigrée et à la banane rouge d'un économiste néomarxiste en vogue.

Ponctuel, l'ex-inspecteur-chef rechercha le ministre. Dans un angle de la salle, sous un tableau représentant un rhinocéros rose à quatre cornes, un homme seul, casquette à carreaux vissée sur la tête, lisait le *Times*.

— Puis-je m'asseoir ? demanda Higgins.

L'interpellé leva la tête. C'était bien le ministre, affublé d'une fausse moustache et de lunettes teintées.

— Qui êtes-vous ?

— Inspecteur Higgins.

— Ah... c'est vous. Vous êtes sorti de votre retraite ? Mauvaise idée. Vous devriez retourner soigner votre roseraie.

— Après avoir résolu quelques problèmes, telle est bien mon intention. Et vous allez m'y aider.

Le visage de l'ensorceleur médiatique était plutôt contracté.

— Jouons cartes sur table, inspecteur. Vous voulez ma peau ou non ?

— Je ne veux que la vérité, monsieur le ministre.

— Une denrée rare et dangereuse.

— Je veux savoir qui a failli tuer le superintendant Marlow et a assassiné le professeur Grégory Cloud. Et s'il faut écraser quelques pieds sensibles, je n'hésiterai pas.

— Que buvez-vous ?

— Une bière.

— Ici, ils n'en ont pas. Le moins mauvais, c'est une vodka-citron.

À condition de ne pas en abuser, c'était une boisson rafraîchissante. En revanche, mieux valait ne pas toucher aux cacahuètes trempées dans divers produits chimiques que le serveur déposa à côté des deux verres.

— Faites rouler vos billes, exigea le ministre.

— Ahmed Durani.

— Drôle de nom !

— Un de vos amis, semble-t-il.

— Le terme « ami » me semble excessif.

— « Relation d'affaires » vous convient-il mieux ?

— Ne poussez pas trop loin le bouchon, inspecteur. Je peux vous briser.

— J'ignore le montant de la somme que Durani vous a versée, soit en liquide, soit sous la forme d'un montage financier. Tel n'est pas le but de mes investigations. Vous vous arrangerez avec votre conscience.

— Ma conscience… Vous vous érigez en juge ?

— Loin de moi cette prétention. Pourquoi avez-vous accepté le marché que vous a proposé Durani ?

Le ministre sirota sa vodka-citron.

— Cette scène est invraisemblable, surréaliste !

— Pas vraiment, puisque vous avez accepté de la jouer. Et ce n'est pas le premier exemple du genre. Il y en a beaucoup d'autres dans les annales de Scotland Yard. Expliquez-moi, monsieur le ministre.

— Après tout, pourquoi pas ? Malgré mes préventions à votre égard, vous m'êtes plutôt sympathique. Et j'ai le sentiment que vous me comprendrez. D'abord, je crois à l'écologie comme notre seul avenir politique ; ensuite, il est clair qu'un réactionnaire comme le professeur Cloud devait être réduit au silence. M. Durani m'a alerté sur le cas de cet intellectuel dont les avis étaient malheureusement trop écoutés. Contrairement à l'opinion générale, un politicien n'est pas forcément fortuné. Je ne suis pas un riche héritier. Un appui financier pour défendre mes idées a été le bienvenu.

— Si nous cessions de plaisanter ? proposa Higgins.

Le politicien eut un hoquet.

— Qu'est-ce que…

— Le professeur Cloud a été assassiné, et je veux savoir par qui, insista l'ex-inspecteur-chef.

— Ce drame ne me concerne pas.

— Admettons-le, à une condition : que vous me révéliez qui est *réellement* votre ami Ahmed Durani.

— Ne croiriez-vous pas à son engagement écologique ?

— J'ai un léger doute que vous seriez aimable de dissiper.

— Ensuite, me laisserez-vous tranquille ?

— Certainement, si vous n'avez pas assassiné le professeur Cloud.

— Vos insinuations ne m'auront pas ! Bon, oublions... Votre doute est légitime. Ahmed Durani se moque de l'écologie comme de sa première djellaba, mais aujourd'hui, c'est une cause incontournable et le paravent idéal pour quantité d'activités lucratives. Durani est l'un des émissaires occultes des producteurs de pétrole du Golfe, qui veulent continuer à s'enrichir. La voiture électrique, un marché de niche, ça ne les dérange pas trop. En revanche, le projet du professeur Cloud, recycler le CO_2 de l'océan pour en faire un carburant hyperconcurrentiel, ça les inquiète.

— En clair, vous accusez Durani d'avoir tué le professeur Cloud pour l'empêcher de commercialiser son invention et de ruiner les monarchies pétrolières.

— Je n'ai rien dit de tel, inspecteur. Je me suis contenté d'exposer les faits en éclairant votre lanterne. Si j'ai appuyé Durani, c'est par esprit civique. L'écologie, c'est bien joli, mais il faut préserver la paix du monde. Renoncer au pétrole, c'est déstabiliser le Moyen-Orient, la Russie et une partie de l'Amérique latine, sans parler des États-Unis. Cloud était sans doute un génie, mais un génie dangereux. J'ignore si Durani l'a tué. J'espère surtout que son projet sera étouffé pour longtemps. Un détail : j'ai dans ma poche un brouilleur de dernière génération. Quel que soit le moyen grâce auquel vous avez enregistré notre conversation, elle sera inaudible. Maintenant, je m'en vais.

— À votre guise.

Le ministre se leva.

— Souvenez-vous du premier précepte de toute police, inspecteur : pas de vagues.

— Le mien serait plutôt : que la vérité coule à flots.

— 18 —

Malgré des rénovations jugées indispensables, l'hôtel Connaught, fleuron de Carlos Place, avait gardé l'essentiel de son charme d'antan : dorures et stucs victoriens, panneaux de chêne, grands miroirs, lustres en cristal, et service aussi zélé qu'efficace, avec un style inimitable. Bien qu'obtenir une chambre fût un parcours d'obstacles, Higgins en avait toujours une à disposition lorsqu'il menait une enquête à Londres. Quartiers de noblesse et souvenirs historiques obligent, bien que l'ex-inspecteur-chef fût d'une discrétion exemplaire sur ces sujets-là.

En s'endormant dans un lit douillet, après avoir bu une tisane de thym au miel, Higgins confia ses interrogations au sommeil. Parfois, la nuit portait effectivement conseil.

À son réveil, les hypothèses s'entrechoquèrent. Surtout, pas d'idées préconçues, ni de conclusions hâtives. Il restait encore trop d'éléments à vérifier. Le somptueux *breakfast* du Connaught lui réservait une agréable surprise : à la place de la marmelade d'Oxford, qu'un ancien de Cambridge éprouvait toujours quelque peine à déguster, une autre confiture artisanale provenant d'Andalousie et couronnée d'un premier prix lors du dernier salon britannique de la gourmandise. Onctueuse, goûteuse, peu sucrée : une merveille à étaler sur un toast grillé à point.

Revigoré par un pur arabica, Higgins s'humidifia le visage avec une serviette chaude et s'appliqua une mousse à raser avec son blaireau en bois de bruyère. Précis et méticuleux, il utilisa un coupe-chou dont le dos portait l'inscription : « L'homme pressé prend son temps ». Puis il égalisa sa moustache poivre et sel avec un lissoir en nacre que lui avait offert une admiratrice.

En raison de la canicule qui perdurait, l'ex-inspecteur-chef se vêtit d'une chemise en fil de lin, d'un pantalon gris léger et d'un blazer bleu presque aérien. Une cravate d'un rouge discret agrémenta l'ensemble. Accessoire indispensable en prévision d'une longue journée d'enquête : des « pieds tournants », chaussures sur mesure qui évitaient la fatigue.

Comme prévu, le téléphone sonna à neuf heures. Le superintendant Marlow était toujours ponctuel.

★

Alors que la vieille Bentley se comportait en souplesse, Marlow était tendu.

— Comment s'est déroulé votre entretien avec le ministre ?

— De façon aussi cordiale que possible. Il m'a révélé qu'Ahmed Durani était un faux nez. Planète froide pour la galerie, défense acharnée des intérêts pétroliers dans l'ombre. Le grand projet du professeur Cloud le contrariait énormément.

— Un mobile solide, pas d'alibi... mais un personnage qui jouit sûrement de hautes protections.

— Sans nul doute. Nos collègues écossais ont-ils retrouvé Agatha Marple ?

— Malheureusement non. Elle s'est aventurée dans une zone particulièrement sauvage où il sera difficile de la repérer. Pourvu qu'elle ne soit pas tombée dans un trou d'eau ! Et je ne sais quelle bête sauvage pourrait l'agresser pendant la nuit. D'après un observateur, son équipement serait très sommaire.

Par bonheur, la Bentley n'avait pas une trop longue distance à parcourir pour atteindre le domicile londonien du professeur John Arthur Allister, un immeuble ancien de belle allure, proche de la lourde église Saint-Paul, dont les caveaux contenaient les dépouilles de plusieurs acteurs et dramaturges. « La plus belle grange d'Europe », selon l'expression populaire, avait un aspect théâtral, avec son porche à colonnes et son fronton.

— Que savons-nous du professeur Allister ? demanda Higgins.

— Formation de chimiste, cinquante-cinq ans, quatre divorces, pas d'enfant, logement de fonction à Cambridge, cet appartement à Londres, maison de vacances à Folkestone. Carrière linéaire. Pas de détail croustillant. Depuis un an, figure de proue d'un mouvement baptisé l'« écologie évolutive », qui s'attaque aux climatosceptiques. J'ai visionné un débat l'opposant à son collègue Cloud. Allister s'est montré très virulent et a proféré des insultes indignes d'un scientifique de sa pointure.

— Ne vous faites aucune illusion sur les scientifiques, recommanda Higgins. Leurs titres ronflants cachent souvent des turpitudes. Pour conquérir des postes, beaucoup sont prêts à tout. Et leurs affirmations, sur lesquelles se fondent les politiciens, sont parfois sans valeur.

Déjà, la chaleur s'accentuait, et les touristes commençaient à vider leurs bouteilles d'eau. Marlow interpella un bobby en faction et le pria de surveiller la vieille Bentley, pendant qu'il procédait à un interrogatoire.

En contemplant l'immeuble, Higgins pressentit des moments difficiles.

— 19 —

Un bon mètre quatre-vingts, une tête ronde plantée sur un cou épais, des sourcils broussailleux, des yeux petits et noirs, un nez conquérant, un menton pointu, une carrure de rugbyman, une chemise vert pâle et un pantalon noir : le professeur John Arthur Allister considéra ses visiteurs avec un suprême dédain.

— La police chez moi... Plus aucun respect pour la science ! Vos noms et qualités, messieurs ?

— Superintendant Marlow et inspecteur Higgins.

— Sachez que je n'ai accepté cette entrevue inutile que par respect de nos institutions. Scotland Yard en est une. Mais elle aurait mieux à faire en poursuivant les criminels. Entrez et soyez brefs. Je n'ai pas de temps à perdre.

L'appartement du professeur n'avait rien d'original. Du modernisme conventionnel, sans âme, aussi rigide que le propriétaire des lieux.

Dans le salon où Allister acceptait de recevoir ses visiteurs indésirables, un canapé, quatre fauteuils, une table basse en verre fumé, un aquarium rectangulaire où évoluaient des poissons exotiques, une bibliothèque exposant des ouvrages scientifiques et une télévision grand écran.

— Asseyons-nous, exigea le professeur. De quoi s'agit-il ?

— De qui, rectifia Higgins : votre collègue, Grégory Cloud.

Allister se haussa du col.

— Mon collègue ! Vous plaisantez ? Ce faux savant est un clown sinistre ! Comment a-t-il pu s'incruster dans notre prestigieuse université de Cambridge ? Plaider en faveur du carbone et du CO_2, de nos jours, c'est hallucinant ! Je l'ai affronté une fois, lors d'un débat public, et j'ai été effaré par ses arguments. Je l'ai insulté et je ne le regrette pas. Aucune critique ne sera assez forte à l'encontre de cet ignoble individu.

— Portez-vous toujours des pantalons noirs ? questionna Higgins.

La réaction du professeur Allister fut très lente.

— Toujours, finit-il par répondre. Quelle importance ?

— Accepteriez-vous de nous procurer une information indispensable à notre enquête ?

— Enquête, enquête… Mais sur quoi porte-t-elle ?

— N'avez-vous pas une petite idée ?

— Ni petite ni grande ! Si vous m'éclairiez ?

— Votre ennemi, le professeur Cloud, a été assassiné.

Un silence pesant suivit cette déclaration.

— Qui l'a supprimé ?

— Identifier le coupable est notre mission.

— Qu'elle aboutisse ou non, je m'en moque ! L'essentiel est acquis. Ce contempteur du progrès disparu, la voie est ouverte vers l'élimination du carbone ! Vous êtes trop incultes, à Scotland Yard, pour comprendre l'importance de l'enjeu. Merci, cependant, de m'apporter cette excellente nouvelle.

Higgins se dirigea vers la bibliothèque. Uniquement des ouvrages de chimie.

— Des textes illisibles pour un profane, commenta John Arthur Allister.

— J'insiste sur l'information dont nous avons besoin.

— Finissons-en, s'irrita Allister. Que désirez-vous savoir ?

— Où vous vous trouviez le lundi 4 juillet à seize heures.

— Pardon ?

— Je pense avoir été assez clair.

Le professeur se dressa de toute sa hauteur.

— Vous osez me réclamer un alibi ?

— Une simple précision dans le cadre d'une affaire criminelle.

— Ne vous moquez pas de moi ! On n'exige pas un alibi de la part de John Arthur Allister. Je refuse de vous répondre. Ma vie privée ne concerne que moi.

— Dois-je rappeler que vous détestiez le professeur Cloud ?

— Et alors ? Ça ferait de moi un criminel ? Vos attaques sont extrêmement choquantes, inspecteur ! Je me plaindrai à vos supérieurs.

Ne supportant plus la morgue du savant, Marlow monta sur le ring.

— J'insiste : où vous trouviez-vous le 4 juillet à seize heures ?

Le professeur serra les poings.

— Cela ne vous regarde pas. Je suis un homme libre dans un pays libre où il n'existe pas de police politique.

— Ne nous emballons pas, pria Higgins d'une voix apaisante, tout en continuant à scruter la bibliothèque. Admettez que votre attitude ne facilite pas notre tâche et puisse attirer nos soupçons.

— Je m'en moque ! Ou vous avez une preuve contre moi, ou vous n'en avez pas !

— Nous n'en avons pas, concéda Higgins.

Cet aveu calma le professeur, qui se rassit, et croisa les jambes.

— Eh bien voilà ! Vous n'avez aucune raison d'imaginer qu'un scientifique de mon niveau se comporte comme une bête sauvage. J'ai entrepris une démarche que je jugeais nécessaire pour chasser ce Cloud de Cambridge et l'empêcher de propager ses idées fausses. Sa mort clôt le débat.

— Pendant votre croisade, la République populaire de Chine ne vous aurait-elle pas prêté assistance à travers la personne de Cynthia Li ?

Allister eut un regard étonné.

— Sur ce point-là, vous êtes bien informés ! Elle m'a écrit une lettre, en effet, afin de me proposer l'appui de l'Institut Confucius, et ce n'est pas négligeable lorsqu'il convient de sauver l'humanité.

— Vous seriez-vous intéressé à l'ONG Planète froide d'Ahmed Durani ou à celle de Nijan Khandi ?

— Je n'ai pas besoin de béquilles. Ma réputation suffit à asseoir mes analyses scientifiques.

— Ken Muffin, Titania Nasby, Baldur Genoviès... Des collègues de Cambridge ?

— Absolument pas ! Cette fois, information déficiente !

— Vous ne fréquentez pas l'East End, je suppose ?

— Je n'apprécie guère l'évolution de ce quartier. L'expansion ininterrompue de Londres n'a pas que des avantages.

Higgins se dirigea vers la porte de l'appartement. Marlow l'imita.

— Merci de votre coopération, professeur. Ah, une dernière chose : vos démarches visant à détruire la réputation de Grégory Cloud avaient-elles abouti ?

— Hélas non ! Mais j'aurais fini par réussir. Désolé de vous avoir connus.

— 20 —

La vieille Bentley prit la direction du quartier d'affaires de Canary Wharf, une ancienne friche industrielle transformée en petit New York et baptisée « Second City », où travaillaient déjà plus d'employés que dans la première.

Le Qatar y était fortement implanté, et la mondialisation, en dépit de la crise du Brexit, s'y épanouissait. L'endroit incarnait le dynamisme de la finance et du commerce. Pour Higgins, l'un des nombreux enfers sur terre.

Outre les bureaux, quelques appartements de luxe. Baldur Genoviès occupait l'un d'eux, au sommet d'une tour.

— Cet Allister est imbuvable, jugea Marlow. En matière de prétention, une vedette ! Un type d'une telle froideur me semble capable de tuer, surtout quelqu'un qui lui fait l'affront de s'opposer à ses opinions.

— Son aveu m'intrigue, confessa Higgins. Malgré son aura et ses relations à Cambridge, il n'était pas encore parvenu à briser les reins du professeur Cloud. De quoi l'exaspérer.

— De l'exaspération au meurtre, il n'y a pas un si grand pas, observa le superintendant, surtout quand on possède le caractère d'Allister ! Dépité par son échec, il n'avait plus qu'une solution : éliminer physiquement son ennemi.

Higgins n'écarta pas l'hypothèse. Encore faudrait-il l'étayer.

Avec son flair habituel, la Bentley dénicha la bonne tour. À l'entrée du parking souterrain, une guérite d'où sortit un grand Noir en uniforme.

— Stop ! ordonna-t-il, bras levé.

L'œil inquisiteur, il examina le véhicule, nota la plaque d'immatriculation et s'approcha du conducteur, qui baissa sa vitre.

— Votre identité ?

— Scotland Yard.

Le grand Noir eut un large sourire.

— C'est pas vrai… Vous êtes un gradé ?

— Superintendant.

— Oh, la brute ! Quel trip ! Mon rêve se réalise ! Voir une huile en vrai, et pas seulement à la télé… C'est mon jour de chance ! Vous savez, moi, j'étais un petit dealer avant de devenir vigile. Mon ambition, c'est bobby ! Vous pourriez pas me pistonner ?

— Si vous souhaitez être embauché, indiqua Marlow avec dignité, appelez le Yard. On vous précisera les modalités de recrutement.

— Chouette idée ! Vous venez pour quoi ?

— Nous avons rendez-vous avec M. Baldur Genoviès.

— Le noceur du quarante-troisième ? Un type super sympa ! Il rentre souvent bourré, mais il n'est pas avare de pourboires. Et ma prime de Noël, chapeau ! Il n'a tué personne, j'espère ?

— Nous désirons simplement lui poser quelques questions.

— Bon, garez-vous au premier sous-sol, emplacement visiteur. Pas de bile, je surveille sur écran. Ici, vous serez en sécurité.

La vieille Bentley aborda avec prudence la pente descendante. Elle avait horreur des parkings souterrains, et craignait un refroidissement de soupape en raison d'une ventilation excessive. En se tassant sur elle-même, elle éviterait peut-être le pire.

Pour débloquer l'ascenseur, il fallait composer le numéro de l'appartement sur un digicode et attendre une réponse.

— C'est qui ? interrogea une voix empâtée.

— Scotland Yard.

— Ah ouais... Vous vouliez me causer ?

— C'est exact.

— OK, j'ouvre l'ascenseur... Plantez-vous devant l'écran de contrôle, et tapez MKW23H12 sur le clavier.

— Répétez.

Genoviès s'exécuta, Marlow aussi. L'ascenseur s'éleva, à grande vitesse. Mieux valait avoir le cœur bien accroché.

Le palier ressemblait aux milliers d'autres paliers de milliers d'autres tours. Une caméra filma les deux policiers. À la suite d'un *bzzzz*, une porte métallique rouge s'entrouvrit.

— Entrez, préconisa la voix empâtée.

Un couloir peint en vert conduisait à une vaste pièce entièrement vitrée. Une épaisse moquette blanche, un bar semi-circulaire et une abondance d'appareils connectés. Écrans, capteurs, aspirateur autonome, programmateurs et contrôleurs d'énergie, réfrigérateur intelligent et une collection de smartphones exposés sur une banquette.

Attablé, un homme d'une quarantaine d'années, vêtu d'un peignoir, dévorait un porridge composé de flocons d'avoine, de fraises, de compote de pommes, de lait d'amandes et de graines de chia.

— Cochonnerie de nuit, grommela-t-il. Enfin, vous me comprenez… Si je n'avais pas eu mon réveil connecté pour me secouer les neurones, je serais encore dans mes draps ! Faut dire que Scotland Yard au petit déjeuner, c'est pas fréquent. Le porridge, je déteste. Mais mon toubib m'a convaincu que c'était bon pour mes artères. Maintenant que le bon cholestérol est le mauvais et que le mauvais est le bon, on se prend les pieds dans le tapis. Vous me voulez quoi, au juste ? Une plainte de fournisseur ? Fraude fiscale ? Conduite en état d'ivresse ?

— Le professeur Grégory Cloud, dit Higgins.

Baldur Genoviès lâcha sa cuiller, sa lèvre inférieure s'affaissa.

— Bon Dieu, mais sa femme est morte !

— 21 —

Genoviès abandonna son porridge et se dirigea d'un pas martial vers le bar. Quoiqu'un peu grassouillet, le bonhomme avait une allure athlétique. Visiblement énervé, il se versa un whisky.

— D'accord, j'ai couché avec la femme du prof, mais c'était hier, et même avant-hier ! Une fille superbe, qui s'ennuyait avec son mari. Pas de gosse, lui surchargé de travail, elle qui en avait marre des magasins et du fitness. C'est pas Roméo et Juliette, mais on a eu de bons moments ! Je l'ai croisée dans un pub, elle pleurait à chaudes larmes. Moi, bonne pomme, je l'ai consolée. Une femme en détresse, on ne l'abandonne pas ! Comme elle avait besoin de câlins, je me suis montré généreux. C'est mon tempérament, on ne se refait pas. Les filles, c'est mon truc. Cette nuit, par exemple…

— Le professeur a-t-il découvert l'infidélité de son épouse ? interrogea Higgins.

— J'en sais trop rien, mais ça ne me surprendrait pas. Faut reconnaître qu'on se voyait un peu trop souvent et qu'elle avait de plus en plus de mal à inventer des mensonges. Et puis, tout s'est cassé.

Peiné, Genoviès but une gorgée d'alcool.

— Cancer du pancréas foudroyant. En deux mois, le cercueil. Pauvre gosse. Elle ne méritait pas ça.

— La date de ce décès ?

— Il y a quinze ans. J'en avais vingt-cinq, elle quarante. Le prof s'était offert une jeunette. Sacrée belle plante ! Je bois à sa mémoire !

Il vida son verre.

— Avez-vous rencontré le professeur Cloud ? demanda Higgins.

— Non, mais elle m'en a parlé en long et en large, et j'ai lu ses articles dans le *Times*. Un type bien. Un savant qui a des... Enfin, vous voyez ce que je veux dire. Leur empreinte carbone, leur condamnation du CO_2 et leur réchauffement climatique, ça commence à me gonfler ! Tout est bon pour enfumer le bon peuple. Avant, tous les gamins étaient marxistes ; maintenant, ils sont écolos ! Cloud, lui, tient tête au déferlement médiatique. Faut vraiment en avoir !

— Dans quelle branche travaillez-vous ? questionna Higgins.

— Import-export avec le Qatar et la Chine. Le commerce international, ça me branche. Pas un truc d'amateur et de couche-tôt. Faut souvent se remuer vingt-quatre heures sur vingt-quatre. Plus tordu que le Qatar, tu meurs. Et plus tordu que le Qatar, y a la Chine. Ça ne vous ennuie pas si je m'habille ?

Sans attendre une approbation, Baldur Genoviès appuya sur un bouton dissimulé dans l'épaisseur du bar. Le battant d'une penderie glissa sur son rail, laissant apparaître costumes, vestes, pantalons, chemises, sous-vêtements, pulls, chaussettes, chaussures et imperméables. Il s'empara d'un équipement et s'engouffra dans sa salle de bains.

Higgins en profita pour examiner cette coûteuse et abondante collection de vêtements. Genoviès était plutôt coquet et disposait d'un pouvoir d'achat appréciable.

À l'extrémité de la penderie, sur trois étagères superposées, une bonne vingtaine de cagoules, des noires, des vert sombre et des grises.

À cause de la température qui grimpait à l'extérieur, un capteur déclencha la fermeture partielle des volets mécaniques et un éclairage d'ambiance. Dans la vaste pièce, pas plus de dix-sept degrés.

Baldur Genoviès ne traîna pas en chemin et réapparut, en apparence frais et dispo. Coiffé en brosse, veste marron, chemise bleu pâle, pantalon mauve.

Higgins arpentait l'espace, mains croisées derrière le dos.

— Vous cherchez quelque chose ?

— J'admire votre intérieur.

— Ça m'a coûté chaud ! Le progrès, ça me botte. Gros investissement, OK, mais super confort ! Je suis pas écolo pour un penny. J'aime les voyages en avion, les grosses bagnoles, la viande rouge et *tutti quanti*. L'âge des cavernes, très peu pour moi.

— Pratiquez-vous les sports d'hiver ?

— Pas le temps. Le sport, c'est mon boulot quotidien. J'ai qu'une crainte : les courants d'air. Parade efficace : une bonne cagoule. Ça me couvre les oreilles et la gorge, mes petites fragilités. Le tout, c'est de ne pas entrer cagoulé dans une banque !

La montre connectée de Genoviès l'alerta.

— Je ne m'ennuie pas, mais je dois déjeuner avec une grosse légume de Pékin. Un verrou administratif à faire sauter.

— Nous devons vous retenir encore quelques minutes, précisa Higgins.

— Qu'est-ce qui vous tracasse ?

— L'assassinat du professeur Grégory Cloud.

— 22 —

Le regard de Baldur Genoviès alla d'un policier à l'autre, à plusieurs reprises.

— Vous êtes pas du genre à blaguer... C'est forcément un écolo qui a fait ça ! Vu ce qu'il leur a tapé dessus, ils sont devenus enragés ! Aujourd'hui, ça coûte cher de combattre l'air du temps. Pauvre Cloud... Encore un brave tombé au champ d'honneur, victime du carbone. Ça s'est passé quand, ce crime ?

— Lundi 4 juillet, à seize heures.

Genoviès traversa la pièce à grands pas et agrippa un smartphone.

— Mon agenda, expliqua-t-il. Où j'étais, ce jour-là... Ah, voilà ! Je roupillais ici, comme un sonneur. Faut avouer que je n'avais pas dormi de la nuit, à cause d'une copine brésilienne que j'ai dégagée vers midi. Ensuite, rideau. Je n'ai émergé qu'en fin d'après-midi. Juste le temps de me doucher froid pendant une heure et de me précipiter au rendez-vous avec un émir, au Ritz.

— Autrement dit, constata Marlow, vous n'avez pas d'alibi.

Le visage de Genoviès se transforma. Les naseaux d'un taureau furieux se dilatèrent.

— Non mais dites donc, pour qui me prenez-vous ? Vous me soupçonnez, moi, d'avoir tué ce vieux prof ?

— Calmez-vous, recommanda le superintendant. Sinon, je vous arrête.

L'avertissement porta. Marlow ignorait que le cauchemar de Baldur Genoviès, en perpétuel mouvement, c'était la prison. Être immobilisé, enfermé dans un espace réduit, le terrorisait.

— D'accord, d'accord, je m'énerve bêtement ! Mais je vous raconte pas des craques. Et puis j'avais aucune raison de trucider ce vieux bonhomme que j'aimais bien !

— Fréquentez-vous l'East End ? demanda Higgins qui jetait un œil au bar.

Une bonne centaine de bouteilles haut de gamme, dont quelques raretés provenant d'Asie et d'Amérique du Sud.

— L'East End ? J'adore ! J'y achète des tas de trucs et je vais souvent y déjeuner, dès que je me pose à Londres entre deux voyages.

— À la Pizzeria Latina, par exemple ?

— Alors là, inspecteur, vous tombez bien ! La pizza, c'est mon plat préféré, et je connais les trente meilleures pizzerias de la capitale. Celle-là est récente, mais elle en fait partie. Angelo, le patron, est un type super sympa, et son associé Leonide, un gros bosseur. Quand j'y vais, on discute le bout de gras, et ils me sortent leur meilleur chianti classico.

— Vous connaissez donc la particularité de cet établissement, suggéra Higgins.

— Ben, je viens de vous le dire : de la super pizza !

— Je voulais évoquer l'immeuble d'en face.

L'homme d'affaires réfléchit.

— Qu'est-ce qu'il a de spécial ?

— C'est là qu'habitait le professeur Grégory Cloud. C'est là aussi qu'il a été assassiné.

— Elle est bonne, celle-là ! Si je m'étais douté...

— Vous l'ignoriez ?

— Évidemment ! L'existence, c'est un tas de coïncidences du même genre.

Le regard du superintendant se durcit.

— À Scotland Yard, on ne croit pas tellement aux coïncidences. Vous avez déjeuné et dîné dans cette pizzeria afin d'observer le domicile de votre proie et choisi le moment adéquat pour frapper, le jour de fermeture du restaurant. Ainsi, les Italiens ne risquaient pas de vous reconnaître. Maintenant, avouez et racontez-nous tout en détail.

Baldur Genoviès en resta bouche bée. Marlow, lui, essayait de revivre la scène violente, malheureusement trop brève, pendant laquelle il avait vu l'assassin avant d'être assommé. Il ne lui semblait pas que la silhouette de ce suspect correspondait, mais cette impression n'avait qu'une médiocre valeur.

— Je... je n'ai rien fait, balbutia le suspect. Je mangeais juste des pizzas, et j'ignorais que le vieux prof habitait en face. De toute façon, cette histoire avec sa femme, c'est oublié ! Peut-être qu'il s'est remarié. Et il ne savait même pas qui je suis !

— Il était veuf et vivait seul, précisa Higgins. Et il n'ignorait pas votre identité.

— Alors, c'est lui qui aurait dû m'assassiner, non ?

Genoviès sentit qu'il marquait un point. De nouveau vaillant, il passa à l'offensive.

— Au fond, vous n'avez rien contre moi et vous lancez des ballons d'essai ! Remarquez, dans les affaires, c'est du pareil au même. Allez, on enterre la hache de guerre. Je vous le répète : ce vieux prof, je l'aimais bien, et il va nous manquer. Maintenant, les écolos n'auront plus de contradicteur. Je vous offre un Campari, le top du top. Moi, la police, je suis pour ! Sans elle, ce serait l'anarchie. Et avec l'anarchie, pas de commerce !

Higgins posa son carnet noir sur le bar, l'ouvrit à une page qui comportait la liste des suspects dont il avait relevé les noms au domicile du professeur Cloud.

Il la montra à Baldur Genoviès.

— Connaissez-vous l'une de ces personnes ?

L'homme d'affaires eut une mauvaise surprise.

— Je figure là-dedans !

— C'est la raison pour laquelle nous désirions vous voir. Lisez attentivement, je vous prie.

Genoviès se concentra.

— Un peu, que je connais cette pourriture de Khandi et cette emmerdeuse de Cynthia Li.

— 23 —

Sans être un spécialiste du Campari, à l'amertume inimitable, Higgins reconnut que celui-là possédait un bouquet remarquable. Pour Marlow, habitué à des whiskies qui avaient du corps, c'était de la petite bière.

L'ex-inspecteur-chef reprit son carnet et l'ouvrit à une page vierge qu'il s'apprêtait à couvrir de notes.

Baldur Genoviès peinait à se contenir.

— Nijan Khandi, ce fumier... Vous savez ce qu'il m'a fait ?

— Non, mais nous serions heureux de l'apprendre.

— Travailler avec l'Inde, c'est pas de la tarte ! Côté administration et règlements, c'est encore pire que la France. J'avais pourtant réussi à percer pour vendre des théières électriques avec régulateur et dosettes. Un million pour commencer. Et paf, la cata ! Opposition formelle du président de l'association Carbone zéro. Mes petites merveilles n'étaient pas assez écologiques, et leur empreinte carbone inacceptable. Si vous aviez vu ma tronche quand j'ai reçu le rapport officiel ! Mais le Baldur, il ne baisse pas sa culotte au premier coup de vent.

— Auriez-vous entamé une procédure ? demanda Marlow.

L'homme d'affaires éclata de rire.

— Vous n'avez jamais commercé avec l'Inde ! Une procédure, ça peut durer un siècle. S'engager là-dedans, c'est perdre sa dernière chemise. Baldur, il connaît la musique. J'ai discuté avec qui de droit. Enfin, de droit… plutôt de tordu, mais bien placé. À partir d'une certaine somme, comme l'affirmait un grand philosophe, tout le monde écoute. J'ai écoulé mes théières, mais avec un maigre bénéfice, à cause du pot-de-vin. Je ne pardonne pas à ce salopard de Khandi, et si quelqu'un l'assassine, j'accepte d'être sur la liste des suspects !

— Savez-vous où il se trouve ?

— Hélas non ! Si vous me refilez l'information, j'irai volontiers lui rappeler poliment comment je m'appelle.

— Cynthia Li vous a-t-elle été aussi néfaste ? s'inquiéta Higgins.

Genoviès explosa.

— Ah, la vache de vache de vache ! Foi d'Irlando-Portugais, j'aurais dû lui tordre le cou ! À un pouce près, elle me faisait rater une énorme vente de climatiseurs à Hong Kong. La raison ? Inadéquation écologique ! Venant d'elle, il y a de quoi se marrer ! Sa couverture, c'est la fabrication de parfums et de cosmétiques, conformes au commerce équitable. Équitable, tu parles ! En tant que membre influent du Parti, elle touche sur un maximum de transactions. Et elle m'est tombée dessus. Payer ou tout perdre.

J'ai payé. Quand je pense à sa véritable activité... La cocotte ne se limite pas aux crèmes régénérantes !

Exalté, Genoviès se reversa un doigt de Campari.

— Acceptez-vous de nous informer ? sollicita Higgins.

— Notre délicieuse Chinoise dirige une usine de production de batteries pour les véhicules électriques, qui vont envahir le monde. Ces merveilleuses bagnoles ont quelques défauts. C'est bête à dire, mais elles ne roulent pas toutes seules, et il faut les doper à l'électricité. Ensuite, on va bien rigoler avec le recyclage de batteries hyperpolluantes. Enfin, les secouristes ont constaté qu'une voiture électrique accidentée a une fâcheuse tendance à demeurer sous tension plusieurs heures après le choc, ce qui provoque un risque d'électrocution pour les pompiers et les autres sauveteurs. Une information à ne pas répandre. Mlle Li est à Londres afin de fourguer ses batteries en graissant la patte des décideurs. Et vu que l'écologie la pousse à fond, fortune assurée ! Cette charmante Asiatique dispose de trop de soutiens pour être inquiétée. C'est pourquoi je ferme ma grande gueule. Faut admettre que je ne suis pas de taille. Les Chinois, ils vont nous dévorer tout crus ! Et nous, on les remerciera.

Une voix suave s'éleva :

— Monsieur, je vous rappelle votre rendez-vous avec Deng Ping-xao. J'ai commandé votre taxi. Bon déjeuner.

— Mon assistante personnelle, expliqua Genoviès, en désignant une petite boîte grise et carrée. C'est drôlement pratique pour ne rien oublier. Bon, j'espère qu'on a nettoyé le terrain, et que vous avez compris que je suis un bon gars. J'aurais aimé causer avec vous de choses et d'autres, mais vous avez entendu : il faut que j'y aille.

— Des voyages imminents ? s'inquiéta Marlow.

— Pas avant une semaine. Direction Singapour. Ça bouge dans la finance, je dois revoir mes paramètres. Avec le foutoir mondial, on ne sait plus sur quel pied danser ! Enfin, chacun ses soucis... Vous, c'est alpaguer l'assassin du vieux prof. C'est quand même dingue, cette violence.

— 24 —

Marlow avait eu la plus grande peine à localiser le couple formé de Ken Muffin et Titania Nasby, qui résidait momentanément dans un terrain vague, au sud-ouest de Londres, à l'extrémité d'une zone boisée que remplaceraient bientôt des immeubles. Obtenir un rendez-vous n'avait pas été une partie de plaisir. Agressif, énumérant ses droits au téléphone, Muffin n'acceptait de recevoir un haut responsable de Scotland Yard que quelques minutes et ne tolérerait aucune mise en cause de son engagement écologique. Exactement le genre de personnage qui exaspérait Scott Marlow.

Comme ils étaient pressés par le temps, Higgins invita son collègue à déjeuner sur le pouce dans un petit restaurant bio où ils dégustèrent une rafraîchissante salade de doucette à la sauce pomme-céleri et une tarte aux fraises provenant d'un jardin.

Puis la vieille Bentley s'élança vers sa nouvelle destination, pas mécontente d'échapper à la pollution londonienne et d'emprunter de petites routes, dont certaines portions étaient encore bordées de haies.

Mais l'urbanisation galopait et les villages, naguère pittoresques, se transformaient en cités-dortoirs.

Même avec l'aide des indications fournies par son GPS et le flair de la vieille Bentley, Marlow ne trouva pas aisément le repaire du couple de militants.

Entourées de bosquets, deux mini-maisons en bois à roulettes. Une mode qui faisait fureur chez les écolos, désireux de « vivre mieux dans un monde moins grand ». Pas plus de douze mètres carrés, réfrigérateur, douche, radiateur électrique, fenêtres à double vitrage, toilettes sèches, Wi-Fi. Tout le confort réduit à l'essentiel, et la possibilité de changer d'emplacement si l'on en avait envie.

Prudente, la vieille Bentley s'immobilisa sur un sentier où ses pneus accrochaient. Pas question de s'aventurer dans la steppe herbeuse.

Les deux policiers descendirent et aperçurent un jeune homme, grand et maigre, aux cheveux longs, qui ne portait qu'un short et faisait bouillir de l'eau sur un réchaud. Non loin, assoupie sur une chaise longue, une jolie brune, entièrement nue.

— Les flics ! cria l'homme. Va te rhabiller.

Elle ouvrit les yeux, regarda les visiteurs s'approcher lentement, se releva sans hâte et, avec un parfait naturel, se dirigea vers sa mini-maison.

— Merci de nous accueillir, monsieur Muffin, dit Higgins, d'une voix paisible.

— Vous êtes qui ?

— Inspecteur Higgins. Je vous présente le superintendant de première classe Scott Marlow.

— J'avais dit *un* flic !

— L'affaire qui nous amène est si grave que nous ne serons pas trop de deux.

Ken Muffin se braqua.

— Si vous croyez m'impressionner, c'est raté ! J'ai l'habitude de manifester, la police ne me fait pas peur. Et si vous avez l'intention de m'arrêter, oubliez ! Je n'ai commis aucun délit. Ma copine et moi, on se défendra.

Joignant le geste à la parole, le jeune homme, vif et plutôt musclé, s'empara d'une bêche et la pointa vers ses hôtes.

— Elle a un bord bien tranchant, précisa-t-il. Vous feriez mieux de décamper.

— Pas avant de vous avoir posé quelques questions.

— Je ne suis pas obligé de répondre.

— C'est exact, reconnut l'ex-inspecteur-chef, mais à votre place, je me montrerais plus conciliant.

— Ah ouais ? Et pourquoi ça ?

— Parce que nous possédons un document qui pourrait vous expédier en prison.

— Vous bluffez !

— Pas du tout, intervint Marlow, bourru. Et je ne vous cache pas que telle est mon intention, si vous ne parvenez pas à vous disculper. Et je vous déconseille d'utiliser toute forme de violence qui aggraverait votre cas.

Muffin sentit que ces policiers ne plaisantaient pas. Quelque chose lui échappait, il ne maîtrisait pas la situation. Son instinct lui dicta une attitude moins raide. Aussi abaissa-t-il sa bêche.

— J'accepte de discuter mais pas trop longtemps. C'est quoi, votre document ?

Marlow sortit de sa poche un double de la clé USB que lui avait remis le laboratoire de Scotland Yard. L'original était classé comme pièce à conviction.

— Êtes-vous équipé pour lire ceci ?

— Bien sûr.

— Eh bien, allons-y.

— Jamais des flics ne sont entrés chez moi !

— Les expériences inédites ne manquent pas d'intérêt, observa Higgins.

Muffin lui jeta un regard noir.

— Bon, suivez-moi.

— 25 —

Impossible de mieux « optimiser », selon le terme marketing, les douze mètres carrés de la mini-maison à roulettes. Sur la mezzanine, à un mètre dix du sol, la chambre était accessible grâce à un escalier, dont chaque marche offrait un espace de rangement. Canapé dans l'entrée, cuisine équipée, bureau informatisé et adaptable en fonction des besoins ! Un véritable loft miniature, dans lequel le superintendant se sentit aussitôt à l'étroit.

Muffin fit apparaître un écran, inséré dans une table en partie escamotable, procéda aux manipulations nécessaires et projeta le film qu'avait découvert Higgins dans l'appartement de la victime.

Le visionnage de la scène ne parut guère émouvoir le jeune homme.

— C'est bien vous et Mlle Nasby, dans le plus simple appareil, qui injuriez le professeur Cloud et le sommez vertement de renoncer à plaider pour l'utilité du carbone ? demanda Higgins.

— Absolument, et je revendique haut et fort notre action ! Nous nous montrons tels que nous sommes, jeunes, beaux et sans armes.

— « Sinon, menacez-vous, nous te châtierons à la mesure de tes crimes. »

— Je confirme !

— De quelle mesure s'agit-il, monsieur Muffin ?

— Celle de son incompétence et de ses tragiques erreurs ! Avec notre collectif écologiste, Titania et moi sommes décidés à le pourchasser, à dénoncer ses mensonges et à ruiner définitivement sa réputation. À cause de ses titres, de ses publications et de sa longue carrière, Cloud est le plus dangereux des climatosceptiques. Moi, je l'accuse ouvertement de crime contre l'humanité ! Tous, aujourd'hui, nous devons drastiquement diminuer notre empreinte carbone, sous peine de condamner notre planète à mort. Savez-vous que le bilan d'un vol Londres-Mexico est supérieur à deux tonnes de CO_2 ? Vous imaginez le désastre quotidien causé par nos seuls déplacements en avion et en voiture ? Et je ne parle pas du reste ! Les individus aussi nocifs que ce professeur Cloud ne méritent pas de vivre.

— C'est justement à ce propos que nous désirions vous parler.

Le jeune homme passa la main dans ses longs cheveux.

— Une persécution policière... Ça ne m'étonne pas ! Le lobby du carbone veut me faire taire et promouvoir Cloud ! Soyez-en certains, messieurs, cette manœuvre échouera ! Les peuples ont pris conscience de l'urgence climatique et de la nocivité du carbone. Je continuerai à crier, et des millions d'humains avec moi !

— Ne craignez rien, le rassura Higgins, nous n'enquêtons pas sur un délit d'opinion.

— Votre document ne m'effraye pas. Au contraire, je vais le propager sur les réseaux sociaux, et je recueillerai un nombre énorme d'adhésions !

— Il vous faudra l'accord de Mlle Nasby.

— Titania est engagée à fond ! Vu sa plastique, elle sera la meilleure des propagandistes. Votre attaque tombe à plat. Et si vous soutenez Cloud, vous vous égarez dans le mauvais clan. Ce monstre, je l'abattrai !

— Vous n'aurez pas à vous donner cette peine.

Ken Muffin fut indigné.

— Vous oseriez me jeter en prison ?

— Pas sans preuve formelle de votre culpabilité.

— Vous m'accusez de me battre pour les générations futures ?

— Le professeur Grégory Cloud a été assassiné.

Le jeune homme croisa les doigts.

— Non, c'est trop beau… Vous ne blaguez pas ?

— Jamais en matière criminelle.

Ken Muffin jaillit hors de sa mini-maison, courut comme un fou tout autour, puis tomba à genoux, bras tendus vers le ciel.

— Merci, mon Dieu, quel que tu sois, d'avoir exaucé mes prières ! Nous sommes délivrés de ce démon, qu'il soit consumé par les flammes de l'enfer !

Aux anges, il entama une sorte de danse, ponctuée de joyeuses exclamations. Soudain, il s'immobilisa.

— Titania, viens, tu peux sortir !

Comme la jeune femme n'apparaissait pas, il frappa à sa porte.

— Sors, j'ai une nouvelle formidable !

La porte s'ouvrit.

Les deux policiers ne reconnurent pas la compagne de l'écologiste.

Elle s'était habillée, et pas n'importe comment. Un blouson doré, une robe mêlant des losanges bleus et blancs, des bas noirs et des talons hauts. Dénoués, ses cheveux châtains encadraient un visage d'une infinie séduction, légèrement maquillé.

Une femme élégante et racée, digne des cocktails les plus huppés. Cette métamorphose ne sembla pas éblouir Ken Muffin, dont l'exaltation ne retombait pas.

— Titania, Titania ! Le professeur Cloud a été assassiné, il est mort, crevé, anéanti ! Tu te rends compte ? Quel bonheur !

— La mort, déclara-t-elle, c'est toujours triste.

— 26 —

Comme s'il n'avait pas entendu, Muffin la serra dans ses bras.

— On va fêter ça ! Va nous chercher du sirop d'érable et ton plat préféré. Tout à coup, je meurs de faim.

Le jeune homme déplia une table de jardin en bois, l'installa et disposa quatre assiettes vertes.

— Elles se mangent, révéla-t-il. Ce sont des algues compactées. Et j'apporte des verres en fibre de soja qui sont également comestibles, comme les couverts. Plus besoin de lave-vaisselle. Chacun devrait procéder ainsi. Si le réchauffement s'accentue et s'accélère, comme le prédisent les scientifiques sérieux, savez-vous ce qui arrivera ? L'Amazonie entière brûlera, dégageant du carbone ; le niveau des océans et des mers montera, engloutissant des zones côtières surpeuplées ; des cyclones tropicaux de plus en plus violents tueront des millions de gens ; la banquise disparaîtra ; et le seul État à peu près habitable des États-Unis, ce sera l'Alaska.

Tel un mannequin défilant sur un podium, Titania Nasby apporta un saladier contenant une sorte de brouet.

— Le verre, n'est-ce pas du carbone ? s'inquiéta Higgins.

— Certes, reconnut Muffin, mais l'empreinte de ce récipient est effacée depuis longtemps. C'est notre seul ustensile qui va au four. Vous allez me goûter cette purée de panais, de salsifis, de persil racine et de topinambours. Des légumes rustiques, aux vertus incomparables. N'est-ce pas, ma chérie ?

Titania approuva d'un signe de tête.

— Fais le service, ordonna-t-elle assez sèchement.

Tout en s'exécutant prestement, le jeune homme se lança dans un discours enflammé contre la malbouffe et ses conséquences sur le réchauffement climatique.

— Nous soutenons les ovo-lacto-végétariens qui ne mangent ni viande, ni œufs, ni produits laitiers, les végétaliens qui excluent tout aliment issu du règne animal, les fruitariens qui consomment uniquement ce qui ne blesse pas notre mère la Terre. Mais dites-moi, inspecteur… vous n'habitez pas une villa individuelle, j'espère ?

— Une vieille demeure familiale, à la campagne.

— Et voilà, le comble de l'abomination ! Je parie que vous utilisez une tondeuse à essence ?

— En effet, avoua Higgins.

— Si j'étais au pouvoir, c'est moi qui vous enverrais en prison ! Votre empreinte carbone est désastreuse. La charte écologique mondiale est pourtant claire : il faut rassembler la population dans des tours arborées, autosuffisantes en énergie, et faire des promenades à la campagne en supprimant toute propriété individuelle, antisociale et source de pollution. C'est à un État vert de décider de ce que nous possédons, afin d'éradiquer le capitalisme incontrôlé, cause de tous nos malheurs. Demain, nous devrons accueillir dignement les réfugiés climatiques, et seule la gestion écologique de l'espace urbain nous permettra d'y parvenir. Vous ne goûtez pas ce délice ?

— Question de déontologie, rétorqua Marlow. Nous n'avons pas le droit d'accepter le moindre cadeau de nos interlocuteurs, qui pourraient ensuite nous taxer de concussion.

Muffin fut étonné.

— Scotland Yard père la morale… Vous m'en bouchez presque un coin !

Distante, Titania Nasby mastiquait du bout des lèvres. Était-elle perdue dans ses pensées ou feignait-elle l'indifférence ?

— Le professeur Cloud étant votre principal adversaire, estima Higgins, je suppose que vous vouliez tout savoir de lui.

— Évidemment, cautionna le jeune homme. Avec mes copains, on a tout analysé, en espérant dénicher une malversation, type faux diplôme ou perversion sexuelle. Chou blanc. Ce vieux fou était *clean*, et même reconnu comme une autorité incontestable, jusqu'à ce que les preuves absolues du réchauffement climatique soient apportées. Ça aurait dû lui clouer le bec, mais au contraire, il s'est révolté jusqu'à oser publier des articles pro-carbone dans le *Times*.

— Avez-vous tenté de localiser son domicile ?

— À première vue, rien de difficile : appartement de fonction à Cambridge. Mais je ne suis pas né de la dernière pluie. Tous les grands pontes de l'université ont une autre adresse. Là, on en a bavé ! Plutôt secret, le Cloud !

— Avez-vous cependant abouti ?

— Je suis du genre tenace. Ce fut long, mais j'ai gagné.

— Grâce à quelle méthode ?

— Filature. Il sortait de son bureau de Cambridge, et je ne l'ai pas lâché d'une semelle. Train, puis métro jusqu'à l'East End. Il s'est engouffré dans un immeuble en face d'une pizzeria, dans une rue étroite. J'ai gravi les marches à bonne distance et sans bruit. Il résidait au troisième étage.

— La date de cette filature ?

— Dimanche 3 juillet.

— Vous avez une bonne mémoire.

— On ne fait pas ça tous les jours !

— Vous me posez un problème grave, monsieur Muffin.

— Lequel ?

— Grégory Cloud a été assassiné à son domicile, le lundi 4 juillet à seize heures.

— 27 —

Silencieux et gêné, un ange passa. Titania Nasby cessa de mastiquer, Ken Muffin dévora ses couverts.

— Vous concluez quoi ? marmonna-t-il.

— Nous élaborons seulement une hypothèse, tempéra Higgins. Le dimanche 3, vous découvrez l'adresse de votre ennemi juré, le professeur Cloud ; le 4, il est assassiné.

— Là, je vous arrête tout de suite ! protesta le jeune homme. Si je voulais connaître l'emplacement de sa tanière, c'était pour convoquer mes camarades et manifester bruyamment notre réprobation sous ses fenêtres. Les médias auraient répercuté l'événement, traînant ce réac dans la boue comme il le méritait.

Higgins prenait de nombreuses notes.

— Le 4 juillet à seize heures, vous ne vous trouviez donc pas dans l'appartement de la victime.

— Sûr que non !

— Où étiez-vous, monsieur Muffin ?

Le jeune homme se tourna vers sa compagne.

— Où étions-nous, chérie ?

— Ici. Le matin, promenade en forêt pour cueillir des baies. Déjeuner composé de blettes, de fromage de chèvre et de poires bio. Sieste prolongée en raison de la canicule. En fin d'après-midi, entretien du potager. Un binage vaut deux arrosages.

— Vous étiez donc tous les deux à cet endroit au moment du crime, insista Marlow.

— Je viens de vous l'expliquer, assena la jeune femme, acerbe.

— Faites-vous du sport, mademoiselle ? demanda Higgins.

— J'ai été sprinteuse, d'assez haut niveau. Le milieu m'a déçue. La compétition, toujours la compétition. Lassant.

— Et vous, monsieur Muffin ?

— Je fréquente un club de karaté. C'est bon pour le moral et l'équilibre personnel. Et puis, dans une manif, ça peut servir. Mais pourquoi ces questions ?

— Simple routine.

— Je n'en crois pas un mot, intervint la jeune femme. L'assassin était quelqu'un de sportif, et vous nous soupçonnez. Ah, j'oubliais un détail : le lundi 4 juillet, à seize heures, après notre sieste et avant de nous occuper de notre potager, Ken et moi avons préparé les tracts et les pancartes anti-Cloud. Vous voulez les voir ?

— S'il vous plaît.

Elle se releva et, d'une démarche princière, guida les policiers jusqu'à sa mini-maison. Son compagnon, lui, resta assis et recommença à manger.

Le matériel était dissimulé sous le plancher, entre les roulettes. Titania Nasby tendit un tract à Higgins.

Le texte traitait le professeur Cloud de tous les noms. Quant aux pancartes, elles le représentaient sous la forme d'un ogre à la chevelure fumante en train de dévorer la planète.

— Un détail me chiffonne, mademoiselle : pourquoi ce matériel n'a-t-il pas été utilisé ?

— Parce que nous n'avons pas encore eu le temps de réunir un nombre suffisant d'anti-Cloud. Il nous aurait fallu au moins une semaine supplémentaire. Nous désirions remplir la rue et attirer l'attention d'un maximum de médias. Je déteste l'amateurisme. Seul un raid parfaitement réussi aurait brisé ce professeur indigne.

— Aviez-vous essayé de le rencontrer ?

La jeune femme sourit.

— « Rencontré » n'est pas le terme adéquat. À la sortie de sa dernière conférence délirante sur le CO_2, il y a un mois, j'ai tenté de l'entarter, mais un vigile m'a ceinturée. Un jugement expéditif et politique m'a interdit de m'approcher de lui sous peine de prison ferme. Quelle utopie, la liberté ! Mais la vérité triomphera. Tous les Cloud, si puissants soient-ils, seront balayés. Impératif prioritaire, le seul qui vaille la peine d'être vécu : la décarbonisation absolue.

— Avez-vous écrit une lettre contenant des menaces de mort et destinée au professeur Cloud ?

— Je désirais le plonger dans une angoisse permanente. Ken est un gentil garçon, mais un peu mou. Il ne comprend pas que la violence est parfois indispensable. On ne fait pas évoluer la société avec de bons sentiments.

— Est-ce l'aveu de votre crime ?

— Je n'ai pas tué Cloud, inspecteur. Si tel était le cas, je ne m'en cacherais pas, au contraire. Vous m'arrêteriez, le collectif écologique crierait à la persécution policière, je deviendrais une sainte et une martyre, mon procès aurait un retentissement mondial, et la justice m'acquitterait. J'aurais non seulement abattu un monstre, mais encore agi en légitime défense, au bénéfice de la planète.

Higgins avait rarement rencontré des êtres d'une telle froideur. Façonnée par son idéologie, la jeune femme semblait dépourvue de tout sentiment.

— Au fond, mademoiselle, vous êtes un peu vexée d'avoir été supplantée par un assassin qui a été plus rapide que vous.

Elle réfléchit.

— Il y a du vrai. Avez-vous reçu une revendication ?

— Pas pour le moment.

— C'est fâcheux. S'il s'agit d'un banal assassinat, la mort de Cloud ne servira pas la cause de l'écologie.

— La disparition de votre adversaire le plus redoutable devrait néanmoins vous satisfaire.

— Vous avez raison, c'est déjà un point d'acquis. Ken et moi allons l'exploiter en diffusant la bonne nouvelle.

Titania Nasby rangea le matériel de la manifestation anti-Cloud, puis le trio retourna vers la table du jardin.

Une surprise attendait les policiers : Ken Muffin avait disparu.

— 28 —

— Bel aveu de culpabilité, constata le superintendant. Muffin n'ira pas loin.

Il regarda Titania Nasby avec sévérité.

— Maintenant, reconnaissez avoir menti. Le 4 juillet à seize heures, votre compagnon n'était pas ici, mais chez le professeur Cloud, avec l'intention de l'impressionner. La querelle a mal tourné, il a tué le vieil homme. Voilà la version la plus favorable pour lui... Je crois plutôt qu'il s'agit d'un crime prémédité. Quel a été précisément votre rôle ?

— Je maintiens ma version des faits, répondit la jeune femme, glaciale, presque indifférente.

— Soyez raisonnable et dites-nous la vérité.

— J'ai horreur de me répéter. À vous de prouver que nous mentons.

Brandissant un dossier, Muffin jaillit de sa mini-maison.

— Je l'ai, je l'ai ! s'exclama-t-il.

Il se rassit à la table de jardin.

— Vous faites une drôle de tête. Qu'y a-t-il ?

— Ces messieurs persistent à nous soupçonner, ironisa Titania Nasby.

— Bof, c'est normal pour des policiers ! Ils sont habitués à douter de tout le monde. L'important, c'est que j'ai remis la main sur les conseils à donner à ceux qui n'ont aucune idée de leur responsabilité écologique. À l'évidence, nos amis de Scotland Yard en ont le plus grand besoin. Voici un viatique détaillé, dont je vous résume les points principaux : ne pas rouler en voiture, ne pas prendre l'avion, ne manger ni viande ni poisson, éteindre vos appareils électriques dès que vous ne les utilisez pas, débrancher vos chargeurs, choisir un ordinateur portable plutôt qu'un de bureau, ouvrir les volets en hiver pour laisser entrer la chaleur, les fermer la nuit et pendant tout l'été, acheter un thermostat performant, planter des arbres qui absorbent le dioxyde de carbone, ne consulter les informations qu'en numérique et surtout pas sous la forme d'un journal papier.

— Le journal numérique n'a-t-il pas une empreinte carbone ? demanda Higgins.

— Infime, à côté de l'imprimé dont le poids est équivalent à celui de son émission de dioxyde de carbone !

— Et l'énergie consommée par l'ordinateur ?

— Le portable débranché est recommandé.

Muffin consulta son dossier.

— Dans le domaine de l'électroménager, bannir le four électrique et adopter le micro-ondes.

— Ne détruit-il pas la qualité nutritive des aliments ?

Le jeune homme éluda la question.

— Enfin, changer vos ampoules anciennes, dont l'impact énergétique est gigantesque. Une seule LED basse consommation diminuera votre empreinte carbone de 600 kg de CO_2 pendant sa durée de vie.

— Que fera-t-on du mercure contenu dans les LED ?

— Il y a de petits inconvénients à tout, inspecteur. Conformez-vous déjà à ces instructions, et votre empreinte carbone baissera.

— Ces recommandations ne seraient-elles pas signées du professeur John Arthur Allister ?

Muffin et Titania Nasby échangèrent un bref regard.

— Un savant admirable, affirma la jeune femme. Il a démonté les arguments de Cloud avec une rigueur implacable. Je ne manque aucune de ses conférences. Il est applaudi comme une rock star.

— Ses émissions, à la BBC, font un tabac ! ajouta Muffin.

— L'avez-vous sollicité ? demanda Higgins.

— Bien sûr ! Mais il n'a pas encore eu le temps de nous répondre. Je rêvais qu'il se joigne à nous pour manifester sous les fenêtres de Cloud. Lui, la figure de proue de l'écologie évolutive, est un personnage-clé pour l'avenir de la planète ! Tôt ou tard, nous militerons côte à côte.

— L'ONG d'Ahmed Durani fait partie de vos soutiens, je suppose ?

— Planète froide, c'est génial ! jugea Ken Muffin. Durani m'a invité à visiter son quartier général, une péniche amarrée dans un coin superbe. Ce bonhomme a tout compris, et c'est un sacré bagarreur qui a des relations dans le monde entier. Il n'est qu'au début de son entreprise, mais je suis sûr qu'il deviendra célèbre.

— Partagez-vous cet avis, mademoiselle Nasby ?

— Moi, je n'ai pas rencontré Durani. Mais son idée me paraît excellente. Planète froide, ça choque l'opinion et ça situe bien l'enjeu vital. Quand toutes les bonnes volontés seront réunies, sur tous les continents, nous formerons une armée invincible qui renversera les tyrans climatosceptiques.

— Nijan Khandi est forcément l'un de vos alliés, suggéra Higgins.

— Notre général en chef ! révéla Muffin. Quel fabuleux personnage ! Vous vous rendez compte ? Lui, à partir de rien, créer le premier village vraiment écolo au sud de Liverpool ! Tous les défenseurs de la planète s'y rendent comme on va en pèlerinage à La Mecque. Toi aussi, chérie, tu as été éblouie, n'est-ce pas ?

Titania Nasby hocha la tête.

— Si la Chine n'entrait pas dans le jeu, indiqua Muffin, aucune chance de succès. Par bonheur, le président Xi a perçu l'urgence climatique. Partout sur la planète, ses délégués nouent des contacts fructueux avec les défenseurs de l'environnement. Ici, à Londres, nous avons la chance d'avoir Cynthia Li. Titania et moi avons assisté à la table ronde qu'elle a récemment animée à l'Institut Confucius. Vision claire, projets ambitieux. Je la considère comme le fer de lance de l'écologie à la chinoise, et nous avons pris langue pour l'avenir.

Higgins consulta ses notes.

— Baldur Genoviès est-il également l'un de vos soutiens ?

— Ce nom ne me dit rien, déclara Muffin ; et à toi, chérie ?

— Pas davantage. De qui s'agit-il ?

— D'un homme d'affaires que nous avons interrogé au cours de notre enquête. Me permettez-vous de visiter votre domicile, mademoiselle ?

Titania Nasby fixa Higgins d'un œil noir.

— Non.

Ken Muffin sursauta.

— Voyons, chérie, tu n'as rien à cacher !

— Chez moi, c'est chez moi. J'ouvre à qui je veux. Il n'y a aucune raison de subir une perquisition.

— Je n'ai nullement l'intention de perquisitionner, assura Higgins, ni même de toucher à quoi que ce soit. Je suis simplement curieux de voir comment vous aménagez l'espace. M. Muffin s'est montré très astucieux, et je suis persuadé que vous n'avez pas été moins ingénieuse. Cependant, je comprendrai votre refus.

La jeune femme bouda quelques secondes, puis adopta une attitude résignée.

— Un coup d'œil, et vous ne dérangez rien : j'ai votre parole ?

— Vous l'avez.

— Dépêchons-nous.

Ne cachant pas son irritation, Titania Nasby précéda Higgins en pressant le pas.

D'une main nerveuse, elle ouvrit la porte de sa mini-maison.

— Eh bien, regardez.

L'ex-inspecteur-chef demeura sur le seuil. Dans ce genre de situation, il déployait un sens de l'observation digne d'un faucon. Ce qu'il enregistrait aurait peut-être une importance capitale pour identifier l'assassin.

En fait, il n'y avait guère de différences avec l'aménagement intérieur de Muffin.

— Êtes-vous satisfait, inspecteur ?

— Merci de votre gentillesse, mademoiselle. Un détail m'intrigue : la dizaine de paires de chaussures noires disposées sous les marches de l'escalier menant à votre chambre.

— Je les fabrique moi-même. Ce sont des chaussures qui ne blessent pas la terre, aussi douces que des plantes de pied. Elles s'usent vite, mais sont à bas prix et biodégradables.

— Vos occupations vous appellent souvent à Londres, me semble-t-il ; comment vous déplacez-vous sans polluer ?

— Nous utilisons des vélos électriques. Quel que soit le temps, c'est l'instrument idéal de la mobilité douce qui devrait être imposé à tous les citoyens. En plus, un moyen de faire de la gymnastique sans frais et de préserver sa santé.

Titania Nasby et Higgins rejoignirent le superintendant et Muffin, qui achevait de consommer la purée.

— Comblé, inspecteur ? questionna le jeune homme.

— J'admire votre sens de l'organisation et celui de Mlle Nasby.

— Pas besoin de centaines de mètres carrés pour être heureux !

— Des voyages en vue ?

— Pas dans l'immédiat. En revanche, nous manifestons la semaine prochaine avec le collectif des Jeunes pour la planète, et nous nous approcherons au plus près de la résidence du Premier ministre. Nous espérons que Greta prononcera un grand discours.

« On n'a pas fini d'entendre parler de Greta Carbone », pensa Scott Marlow, pas mécontent de reprendre le volant de la vieille Bentley.

— 29 —

Dans l’hélicoptère qui volait vers Liverpool, au prix d’une empreinte carbone calamiteuse, Marlow se torturait les méninges.

— Impossible de me rappeler de façon précise la silhouette de l’assassin. Ce fut si violent, si bref... Tout ce que je peux affirmer, c’est qu’il n’était pas de petite taille.

— Ken Muffin et Titania Nasby pourraient être de bons candidats, suggéra Higgins.

— Affirmatif. Et lui pratique le karaté. Assommer si brutalement et efficacement un adversaire n’est pas à la portée de n’importe qui.

— N’oublions pas l’effet de surprise, un avantage majeur. Nous en saurons davantage si nous disposons du témoignage d’Agatha Marple, à supposer qu’elle ait aperçu le personnage en noir. Toujours pas de nouvelles ?

— Malheureusement non. Elle explore la zone la plus sauvage de l’Écosse, et les policiers partis à sa recherche ne l’ont pas encore repérée. À se demander s’ils ont vraiment envie de nous aider...

*

À l'entrée d'Ashton Hayes, un panneau précisait la vocation d'un village anglais ordinaire, du moins en apparence : « Posséder une empreinte carbone neutre ». Seuls des robots à énergie solaire étaient autorisés à tondre les pelouses qui, à cause de la canicule, commençaient à roussir.

La voiture de police s'arrêta au pied du panneau, planté dans un parterre de fleurs.

— Il vaudrait mieux vous rendre à pied au domicile de Khandi, recommanda l'inspecteur qui accompagnait Higgins et Marlow. Ici, on n'apprécie pas trop les voitures. Les vieux ne sont pas agressifs, mais mieux vaut éviter de provoquer les jeunes écolos, nettement plus radicaux. Le sèche-linge est banni. Comme autrefois, on tend un fil et on fait sécher son linge à l'extérieur. Pas de climatisation, des ventilateurs. Triples vitrages et pompes thermiques pour le chauffage. Panneaux solaires, récupération des eaux usées. La villa de Khandi est facile à trouver. Tout droit, et deux fois à droite. Dix minutes environ. À l'entrée du jardin, il y a une statue hindoue avec beaucoup de bras. Quand vous en aurez terminé, appelez-moi. Je viendrai vous prendre ici.

Ashton Hayes était aussi charmant que tranquille. Higgins aimait la marche, un exercice qui soulageait son arthrose du genou. Marlow préférait se déplacer sur quatre roues, surtout lorsque régnait pareille canicule. Conscients de la rareté croissante de l'eau, les habitants n'arrosaient pas leurs jardins. Même les rosiers souffraient.

Peinte de couleurs vives, la statue aux bras multiples trônait à l'orée d'une véritable exposition florale : viornes de Chine au blanc feutré, digitales, alliums sphériques, lupins violets, orange et rouges, hostas aux nombreuses nuances de vert.

Une allée sablée conduisait à une bâtisse moderne, entièrement de plain-pied, recouverte de vigne vierge. À quelque distance, encadré d'ormes, un garage où trônait une Porsche blanche V6 bi-turbo.

Une flèche indiquait : « Accès des visiteurs ». Les deux policiers la suivirent et aboutirent à une porte vitrée opaque. Un panneau recommandait : « Entrez sans bruit, asseyez-vous en silence et méditez. Votre heure viendra. »

De quoi énerver le superintendant, qui détestait toute obstruction à l'autorité publique et encore plus les injonctions d'un original.

Il poussa la porte et découvrit un salon tout en longueur, bordé de deux banquettes sur lesquelles étaient assis douze hommes et deux femmes, visiblement d'origines diverses. D'un grand Noir en costume trois-pièces à un Japonais en robe blanche en passant par une Indienne en sari, tous méditaient. Les uns avaient les yeux fermés, les autres regardaient le plancher.

Au fond de la pièce, une porte sur laquelle avait été collée une représentation de la planète en feu. Au-dessus, une grosse lampe rouge surmontée d'un panneau lumineux « Stop ».

— On se croirait dans un hôpital débordé, commenta Marlow.

Indignés, tous les visages se tournèrent vers lui.

— Asseyez-vous, taisez-vous et méditez, ordonna le Japonais. Sinon, Nijan Khandi ne vous recevra pas.

La lampe rouge passa au vert. « Stop » s'éteignit, le sas s'entrouvrit.

D'un pas martial, le superintendant traversa l'espace. Le grand Noir lui barra le chemin.

— C'est mon tour, pas le vôtre !

— Priorité à Scotland Yard. Faites-vous obstruction à une enquête criminelle ?

La question eut un effet dissuasif.

— Allons, allons, calmons-nous, recommanda la voix sucrée d'un quadragénaire d'un mètre quatre-vingt-dix, vêtu d'une chemise et d'un pantalon noirs.

« Entrez, messieurs de la police, je vous attendais. Que mes honorés visiteurs se rassurent, ce ne sera pas long.

— 30 —

Des plantes grimpant le long des murs jusqu'au plafond, des brûle-parfum, de petits bassins alimentés par un goutte-à-goutte, des statuettes de divinités hindoues, des figurines représentant des animaux en voie de disparition : l'antre de Nijan Khandi ne ressemblait pas à un bureau ordinaire.

L'Indien prit place dans un fauteuil si chargé de dorures qu'il aurait plu à n'importe quel empereur.

— Comme vous l'avez remarqué, messieurs, des écologistes du monde entier viennent me consulter pour que je leur décrive les méthodes appliquées dans ce village afin de transformer l'existence des habitants. En réalité, je ne suis pas à l'origine de cette mutation, mais je l'ai médiatisée et je la cite en exemple à mes interlocuteurs, de manière à prouver que mon ONG, Zéro carbone, ne prône pas une utopie. J'ai accepté de vous recevoir par pur civisme, mais j'ai très peu de temps à vous accorder. Je vous prie donc d'aller droit au but.

— Le professeur Grégory Cloud a été assassiné, déclara Higgins, et nous sommes chargés d'identifier le ou les coupables.

L'Indien avait un regard fuyant, presque impossible à capter. Ses gestes étaient lents et mesurés, comme s'il cherchait à démontrer une totale maîtrise de lui-même.

— C'est plutôt une bonne nouvelle, susurra-t-il. Ce pseudo-scientifique répandait des idées nocives. Il profitait de sa notoriété pour oser défendre le carbone, à l'heure où nous savons qu'il est en train de détruire la planète. Je l'ai rencontré, à Cambridge, et j'ai tenté, en vain, de le persuader qu'il se trompait lourdement. Ce vieil entêté prétendait même que plusieurs données scientifiques étaient truquées et que certains de ses collègues mentaient pour être dans le vent. Choquant, n'est-ce pas ? Heureusement, il était vertement combattu, et sa voix comptait de moins en moins. À présent, elle est définitivement éteinte, et c'est un bienfait pour l'avenir de l'humanité. Vous me jugerez peut-être cynique, mais je songe au bien commun.

Higgins observait les plantes grimpantes.

— Nous avons un souci, monsieur Khandi.

— Me concernant ?

— Je le crains.

— Un souci... sérieux ?

— Assez.

La voix se fit moins sucrée et légèrement plus acide. L'Indien essayait de jauger ces deux policiers auxquels il avait accordé un rendez-vous qu'il espérait formel et rapide, probablement en rapport avec une plainte déposée par l'une de ses ex-épouses à laquelle il n'avait pas versé de pension alimentaire depuis un certain temps. Mais ses visiteurs abordaient un tout autre sujet, et le plus élégant des deux lui paraissait redoutable.

— Je n'ai pas bien compris votre nom.

— Inspecteur Higgins. Mon collègue est le superintendant Marlow.

L'Indien ne fut pas rassuré, mais garda son sang-froid. On ne lui envoyait pas des deuxièmes couteaux. Un crime, il est vrai, n'avait rien d'anodin.

— Auriez-vous l'obligeance de préciser ce souci, inspecteur ?

— Chez la victime, nous avons découvert le projet d'une lettre qu'il comptait vous adresser. Une mention nous intrigue : « Je sais tout sur vous. Cessez vos attaques. » Le professeur avait l'intention, d'après une mention manuscrite, de développer ses arguments, mais il n'en a pas eu le loisir.

« Pourriez-vous nous éclairer ?

— Désolé, je ne comprends pas les propos de Grégory Cloud. Mes attaques ? Elles étaient bien modestes et ne le déstabilisaient en aucune façon. Et que savait-il de moi, sinon que je suis un promoteur de l'écologie en Inde et, comme toutes les personnes sensées, un adversaire résolu du carbone ? Pardonnez-moi, je manque aux lois de l'hospitalité.

Nijan Khandi appuya sur une sonnette à pied.

Deux minutes plus tard, deux ravissantes Indiennes, en saris multicolores et vaporeux, apportèrent des *naans*, des galettes à l'ail et au yogourt, et des dés de *butter chicken*, du poulet cuisiné avec du gingembre, de l'ail, des épices et du yogourt.

— Accompagné d'un doigt d'alcool de riz, cet en-cas redonne de l'énergie.

Les plats et les godets déposés sur une table basse incrustée de nacre, les jeunes filles saluèrent leurs hôtes et se retirèrent.

— En raison des circonstances, indiqua Higgins, je suis contraint de vous demander où vous vous trouviez le 4 juillet à seize heures.

— Le jour et l'heure du crime... Vous requérez un alibi, c'est normal. À cette date, je m'en souviens fort bien, j'ai reçu ici un visiteur exceptionnel : Pipil Patinakos, un haut fonctionnaire grec, rapporteur de la sous-commission de l'Union européenne spécialisée dans l'évaluation du réchauffement climatique à l'échelle mondiale. Nous avons déjeuné ensemble vers treize heures, abordé mille et un sujets, et il n'est reparti qu'après dix-sept heures, en me promettant de rédiger un rapport contenant mes propositions qui seront examinées en sous-commission, puis transmises à la commission adéquate. Pipil Patinakos est un homme charmant, très ouvert, qui adore le Royaume-Uni, en dépit des tourmentes du Brexit. Voulez-vous son adresse à Londres ?

— Volontiers.

Marlow l'enregistra sur son smartphone.

— En ce qui concerne l'assassinat du professeur Cloud, affirma l'Indien, je suis blanc comme neige.

— 31 —

Peu convaincu par les déclarations de Nijan Khandi, le superintendant le fixait d'un œil sceptique, tandis que Higgins s'intéressait à un brûle-parfum d'où montait une odeur de rose entêtante.

— Ne vous êtes-vous pas heurté à Baldur Genoviès ? demanda l'ex-inspecteur-chef.

L'Indien quitta son trône, dégusta un carré de poulet et un morceau de galette.

— Un sinistre individu qui se moque de l'urgence climatique et ne respecte qu'un impératif, celui du profit. Il vend tout et n'importe quoi, à condition de récolter un maximum d'argent. Le hasard a voulu que nos routes se croisent, et j'ai eu la possibilité de le contrer. Mon pays est la victime d'innombrables prédateurs qui pillent ses richesses et jouent sans vergogne sur le clavier de la corruption. Genoviès se croyait en terrain conquis, il a déchanté. Ce genre de voyou devrait être arrêté et condamné. À force d'accepter les excès du commerce, on réduit les peuples en esclavage. Grâce à moi, ce gredin ne sévira plus en Inde, une puissance que l'Occident a tort de mépriser. En n'ayant d'yeux que pour la Chine, il passe à côté d'une civilisation majeure.

— Vous méfieriez-vous de l'égérie chinoise de l'écologie à Londres, Cynthia Li ?

L'Indien regarda ailleurs.

— Elle désire me rencontrer et ne cesse de me relancer. Oui, je me méfie de cette femme, car je doute de sa sincérité. Pactiser avec elle, c'est risquer d'être broyé. Je suis ici afin de conforter les relations écologiques entre le Royaume-Uni et l'Inde, non pour servir de paillasson à la Chine.

— S'est-elle opposée au professeur Cloud ?

— Les émissaires du gouvernement chinois n'adoptent jamais des attitudes tranchantes. Je ne serais pas surpris qu'elle eût tenté d'acheter le professeur Cloud afin qu'il se taise.

— Si cette démarche éventuelle a échoué, n'aurait-elle pas décidé de supprimer cet adversaire incorruptible ?

— Je l'ignore, inspecteur. Ne goûtez-vous pas ce plat délicieux ?

— La réputation de la cuisine indienne n'est plus à faire, rappela Higgins, qui se laissa tenter, imité de Marlow, lequel n'était pas amateur d'exotisme, mais avait une petite faim.

L'atmosphère se détendit un peu.

— Vu votre engagement, observa Higgins, vous avez certainement pris langue avec le professeur John Arthur Allister.

Nijan Khandi se rassit sur son trône.

— Je sais tout ce qui se passe dans le monde de l'écologie militante, affirma-t-il. Mêlés aux gens sincères, il y a beaucoup d'opportunistes qui ont compris qu'il fallait être plus vert que vert, que ce soit en politique ou dans les affaires. Le professeur Allister est le prototype de l'opportuniste incompétent qui a bien senti l'air du temps et se sert de l'écologie, qu'il méprise, pour devenir célèbre et apparaître comme un grand humaniste au service de la planète. Sa prétention n'a d'égale que sa duplicité. Un collègue lui faisait de l'ombre : Grégory Cloud, qui connaissait à fond le dossier carbone, auquel il avait consacré son existence. Il se trompait, certes, mais démonter son argumentation exigeait un haut niveau scientifique qu'Allister ne possède pas. Son véritable objectif, c'est la chasse aux titres ronflants qui lui confèrent une autorité largement usurpée.

— Êtes-vous aussi sévère à propos d'Ahmed Durani ?

De nouveau, la voix de l'Indien devint moins sucrée.

— Celui-là, c'est un authentique escroc ! Planète froide est un rideau de fumée qui cache ses accointances avec de grands groupes pétroliers. Durani est un ancien boxeur, un homme de main qui a malmené des contestataires opposés à la politique des émirs. Vos services secrets ont certainement conservé une trace de ses sinistres exploits. Ce bonhomme est dangereux, il a du sang sur les mains.

— J'espère que le couple formé de Ken Muffin et Titania Nasby trouve grâce à vos yeux.

Khandi haussa les épaules.

— De gentils écervelés, quoique… J'ai entendu des rumeurs plutôt déplaisantes. Ces deux-là ne seraient écolos qu'en apparence. Le garçon trafiquerait avec la Chine, la fille développerait en sous-main une ligne de vêtements fabriqués au Bangladesh.

— Cynthia Li serait-elle mieux informée ?

— C'est probable, inspecteur.

— Vous arrive-t-il de déguster une pizza ?

La question étonna l'Indien.

— Ah… Non, non, jamais. Je me cantonne à la cuisine de mon pays.

— Un détail m'intrigue. La Porsche blanche vous appartient-elle ?

— En effet.

— La voiture ne serait-elle pas à bannir ?

— Pas celle-là, car elle est presque totalement écologique. Les touches sont de couleur vert pomme, et son pôle de recharge évite toute empreinte carbone.

— L'utilisez-vous pour vous rendre à Londres ?

— Je n'y vais jamais. Trop de pollution. Je ne quitte plus ce village où, comme vous le voyez, le monde entier vient à moi.

Le visage grave, Nijan Khandi se releva.

— J'ai un message urgent à transmettre à toutes les nations, messieurs, et j'espère que Scotland Yard en tiendra compte. La calamité suprême, ce sont les vaches. Elles boivent trop d'eau, fournissent trop de viande, souillent l'air en expulsant la journée durant du CO_2 et du méthane. Si nous voulons sauver la planète, il faut éliminer au plus vite la totalité des vaches.

— 32 —

Dans l'hélicoptère qui les ramenait à Londres, Marlow sortit de la poche arrière de son pantalon une flasque en argent datant de l'époque victorienne et contenant un whisky écossais, qui faisait partie des premiers secours en cas d'urgence, qu'elle soit absolue ou relative. En l'occurrence, il permettrait de digérer les carrés de poulet.

— Cet Indien me paraît légèrement fêlé, estima-t-il. Néanmoins, il nous a peut-être procuré de précieuses informations. Sa voix sirupeuse est pleine de fiel. Énonce-t-il des vérités ou ne cherche-t-il qu'à salir des concurrents ? Gros travail de vérification en perspective !

— J'ai le sentiment que toutes les personnes impliquées dans cette affaire nous ont menti, confessa Higgins. Il ne sera pas facile de démêler le vrai du faux.

Cette confidence ne rassura pas le superintendant, d'autant plus que des messages alarmants de sa hiérarchie le mettaient sous pression. Alertés par on ne sait qui, les médias venaient de s'emparer du meurtre du professeur Cloud, et les hypothèses les plus fantaisistes fleurissaient sur les réseaux sociaux. Bien entendu, Scotland Yard était déjà accusé de lenteur et d'incompétence. Seule façon d'interrompre le tsunami : arrêter au plus vite l'assassin.

— Toujours pas de nouvelles de Miss Agatha Marple ? interrogea Higgins.

— Toujours pas. L'Écosse sauvage est plus vaste qu'on se l'imagine.

— Ne désespérons pas. J'ai le sentiment que son témoignage ne sera pas inutile. En attendant, appliquons la stratégie qui s'impose.

Higgins ne baissant pas les bras, Marlow reprit confiance, même s'il s'attendait à des demandes difficiles à satisfaire.

— *Primo*, un rendez-vous avec un médecin de l'hôpital où l'épouse du professeur Cloud serait décédée d'un cancer du pancréas ; *secundo*, un entretien officieux avec un membre du MI5[1] qui confirmera ou non la dangerosité d'Ahmed Durani ; *tertio*, une rencontre avec Pipil Patinakos. De mon côté, je creuserai une ou deux pistes. Le bilan établi, nous envisagerons la suite.

★

La canicule perdurait. Plus de trente-cinq degrés centigrades le jour, pas moins de vingt-cinq la nuit. Néanmoins, Higgins se méfiait de l'air conditionné,

1. Service de contre-espionnage britannique.

porteur d'un nombre incalculable de virus connus et inconnus. C'était ainsi, notamment, que la grippe, sous de multiples formes, touchait la planète entière, quelle que soit la saison. Mais l'OMS l'ignorait, et il ne fallait pas mécontenter les fabricants de climatiseurs, un marché qui pesait lourd. Dans certains secteurs, l'écologie n'avait pas sa place.

Tout en dînant au restaurant du Connaught, l'ex-inspecteur-chef consulta ses notes. Foie gras des Landes, sole de Douvres, farandole de légumes et un saint-émilion d'une année convenable alimentaient le cerveau et la réflexion. Au cours de l'enquête, plusieurs portes s'étaient ouvertes. Trop tôt, cependant, pour élaborer une hypothèse solide.

L'une d'elles semblait si invraisemblable qu'un policier rationnel l'aurait écartée. Si l'ordre et la méthode étaient des armes majeures, Higgins n'en oubliait pas pour autant l'intuition, qu'il avait appris à développer lors de ses séjours en Orient. Et cette dernière le guidait sur un curieux chemin, couvert de brume et d'incertitude. Sous un grand point d'interrogation, une page du carnet noir lui était consacrée. Un déclic se produirait-il, des éléments matériels étayeraient-ils la vision improbable d'une architecture criminelle ?

Voué aux gémonies, haï, accusé d'obscurantisme, le professeur Grégory Cloud n'était pas un ayatollah du carbone. Ses articles expliquaient que la décarbonisation absolue ressemblait fort à une utopie dévastatrice et que, derrière cette folie à la mode, se cachaient des intérêts industriels et financiers. À quelque époque

que ce fût, ne pas être dans l'air du temps se payait très cher.

Qui s'indignait, aujourd'hui, lorsqu'on tuait quelqu'un au nom d'une idéologie ou d'une croyance ? Des protestations de circonstance, des regrets convenus, du « plus jamais ça », et le flux destructeur continuait à s'écouler sans rencontrer de barrage, surtout pas celui d'une justice qui avait partout disparu au profit du juridisme, de codes variant en fonction des modes et de l'arbitraire.

Higgins n'avait pas la possibilité de modifier le cours de l'Histoire, mais celle d'identifier un assassin et de contribuer ainsi, si peu que ce soit, à la cause de la vérité.

Dans cette affaire, il se sentait encore loin du but. Risque majeur : être manipulé, soit par des indices, soit par les déclarations des suspects. L'expérience le rendait suffisamment critique pour espérer échapper à l'illusion et aux mensonges. Mais la vanité guettait tout un chacun et, sur le sentier étroit menant à la lumière, elle était un poison mortel.

Higgins confia ses pensées au sommeil. Peut-être accomplirait-il un tri salvateur.

— 33 —

En se démenant, Scott Marlow, toujours aussi efficace, avait obtenu les rendez-vous que souhaitait Higgins, qui se présenta à neuf heures du matin à l'hôpital londonien où avait été admise l'épouse du professeur Grégory Cloud.

Une secrétaire un peu pincée le conduisit au bureau de l'administrateur principal, un sexagénaire au visage hostile.

— J'ai accepté de vous recevoir, inspecteur, en raison d'une forte pression. Je n'apprécie pas la présence de la police dans mes locaux.

— Rassurez-vous, je n'enquête pas sur une erreur médicale qui pourrait ternir votre réputation. Je souhaite simplement vérifier une information, dans le cadre d'une affaire criminelle.

— Je ne suis pas certain d'être en mesure de vous la procurer.

— Il y a une quinzaine d'années, l'épouse du professeur Grégory Cloud aurait été soignée chez vous pour un cancer du pancréas, malheureusement foudroyant. Deux mois environ après le diagnostic, elle serait décédée. Est-ce bien exact ?

— Ces renseignements sont confidentiels.

— Plus maintenant, me semble-t-il. À cette époque, étiez-vous déjà en poste ?

— En effet.

— Merci de consulter le dossier.

— Si je refuse ?

— Logiquement, je soupçonnerai votre complicité dans une sombre machination que Scotland Yard éclaircira.

— Mais, mais… vous divaguez !

Higgins demeurant aussi calme que courtois, l'administrateur, inquiet, consulta son ordinateur.

Énervé, il rata une manipulation et mit un certain temps pour aboutir au bon dossier, qu'il relut attentivement.

— Tout est exact, confirma-t-il.

— Merci pour votre sympathique collaboration.

*

Le deuxième rendez-vous eut lieu à onze heures dans un pub proche de la City. Un quadragénaire au costume gris et au visage banal était assis à une table sur laquelle était posé, en évidence, un livre consacré à la fonte des glaciers.

— Inspecteur Higgins. M. Smith, je présume ?

— Bière ou café ?

— Ale.

— Ici, elle est très légère.

Smith passa commande et glissa le livre dans sa poche.

— Le superintendant Marlow a convaincu mes supérieurs de vous accorder cet entretien. Vous avez une sale affaire sur les bras, et le MI5 se réjouit d'aider Scotland Yard.

« À ce degré-là, pensa Higgins, l'hypocrisie devient presque un art. »

— N'êtes-vous pas plutôt chargé de déminer le terrain autour d'un ministre qui a fricoté avec un personnage douteux, Ahmed Durani ?

— Disons que nos intérêts convergent et que, si vous arrêtiez Durani, nous ne serions pas mécontents. Il est forcément coupable. En échange de son silence, vous le faites expulser, et tout rentre dans l'ordre.

Higgins se garda d'indiquer que cette stratégie ne correspondait pas à celle qu'il comptait déployer pour mener à bien ses investigations.

— Je doute de l'engagement écologique d'Ahmed Durani, avoua-t-il.

— Vous faites bien. Ce type est un tueur à gages employé par les principaux producteurs arabes de pétrole, qui défendent leur bout de gras avec férocité. Vous souvenez-vous de ce qui s'est passé à l'ONU fin septembre 2019 ? Des rapports avaient convaincu les 195 États membres du GIEC, le Groupe d'experts intergouvernemental sur l'évolution du climat, de la nécessité d'agir beaucoup plus vite que prévu contre le réchauffement climatique. Un pays a ralenti les débats et s'est opposé à toute décision hâtive : l'Arabie Saoudite, qui a contesté les résultats scientifiques qu'elle jugeait biaisés et a réclamé une étude indépendante et sérieuse. Sur certains points, elle n'a pas tout à fait tort, mais ce n'est pas le sujet. La situation demeurait si tendue que Durani est entré en piste. Vu son pedigree d'ancien boxeur, d'homme de main, de tortionnaire et d'exécuteur des basses œuvres, il n'est pas venu en Angleterre pour se prélasser sur une péniche. Ce triste sire a l'humour plutôt macabre... Appeler son ONG bidon Planète froide, lui qui a refroidi tant d'adversaires du pétrole ! Un conseil : soyez prudent. Ce type est plus dangereux qu'un crotale. Voilà, vous savez tout. Bonne chance. Ah... Je vous laisse régler les consommations. En ce moment, on a un budget assez serré.

Smith s'éclipsa.

Tout en sirotant une bière légère et désaltérante, Higgins compléta ses notes. L'alliance entre un ministre et le MI5 ressemblait à un mélange explosif et instable, préludant à l'un de ces scandales dont la politique britannique avait le secret. Mais le cas Durani s'inscrivait-il réellement dans cette perspective ?

— 34 —

— Ravi de vous revoir, inspecteur ! s'exclama Angelo Rinaldo, le patron de la Pizzeria Latina. Je vous ai réservé ma table la plus tranquille.

— Mon invité ne devrait pas tarder.

— Puis-je vous proposer mon meilleur menu ?

— Celui de la dernière fois était parfait.

— Asseyez-vous, Leonide vous apporte des antipasti et le cocktail maison.

Le restaurant était plein, le personnel s'activait. Des ventilateurs brassaient de l'air chaud, mais procuraient néanmoins une agréable sensation de fraîcheur très relative. En cuisine, il fallait assumer le coup de feu.

Élégant, souriant, Leonide Tarquini servit Higgins.

— Quelle chaleur, se plaignit-il. L'Angleterre commence à ressembler à l'Italie du Sud. D'après la météo, la canicule va durer encore quelques jours.

Un spectacle attira l'attention des clients. Devant l'entrée de la pizzeria venait de s'immobiliser une Rolls-Royce grenat. Le chauffeur s'empressa de descendre et d'ouvrir la portière arrière donnant sur le trottoir. Descendit un colosse ressemblant à l'acteur américain Robert Mitchum. Costume blanc et cravate rose.

Hésitant, il regarda l'enseigne, puis entra. Rinaldo accourut à sa rencontre.

— L'inspecteur Higgins est-il arrivé ? demanda-t-il.

— Il vous attend. Veuillez me suivre.

Le colosse s'assit lourdement en face de l'ex-inspecteur-chef.

— Alors, ce n'était pas une blague ! Scotland Yard m'invite vraiment à déjeuner dans une pizzeria ! Je n'y ai pas cru, mais je voulais vérifier.

— Vous ne serez pas déçu. Les spécialités du patron sont remarquables.

— Je ne déteste pas un bon repas, mais je suis très occupé. À quinze heures, mon chauffeur passera me prendre.

— Le service sera rapide, monsieur Patinakos, et j'espère que vous apprécierez les plats. Un authentique chianti classico vous convient-il ?

— Ça ira.

Le Grec attaqua les antipasti et parut satisfait. Leonide Tarquini fit goûter le vin à Higgins, qui le jugea excellent.

Leonide présenta un carpaccio, dont l'apparence réjouit Pipil Patinakos, qui le dévora en quelques secondes.

— Fameux ! se réjouit-il. Un bon carpaccio, pas si facile à cuisiner. Au moins, vous ne m'avez pas attiré dans une gargote. Je ne connaissais pas ce coin de l'East End, mais je m'en souviendrai.

Guettant cette table particulière, Rinaldo servit ses tagliatelles au pesto, aux figues et aux noix, dont la vue enchanta le haut fonctionnaire.

— Magnifique ! Un vrai tableau de la Renaissance.

Il goûta.

— Fabuleux ! Un sommet culinaire. Et ce chianti est revigorant ! Mais dites-moi, inspecteur… Pourquoi m'a-t-on fait savoir que ce déjeuner était si important et ma coopération indispensable ?

— Vous êtes un témoin-clé dans une affaire criminelle.

— Moi ? Vous vous trompez sûrement !

— Vous êtes bien Pipil Patinakos, rapporteur de la sous-commission spécialisée dans l'évaluation du réchauffement climatique à l'échelle mondiale ?

— Sacrée carte de visite, non ? De vous à moi, c'est l'un des mille et un machins de l'Union européenne qui ne servent à rien, mais c'est très bien payé, et les citoyens n'y voient que du feu. C'est quoi, votre crime ?

— Un professeur de Cambridge, Grégory Cloud, a été assassiné.

— Le défenseur du carbone ?

— Lui-même.

— Honnêtement, ça lui pendait au nez ! Prôner les vertus du CO_2 en ce moment, c'est presque du suicide.

Le Grec mangeait à une vitesse record. Rinaldo se hâta de servir une farandole de fromages italiens, avec une nouvelle bouteille de chianti classico.

— Qu'est-ce que je viens faire là-dedans ?

— Vous n'êtes nullement impliqué dans ce drame, mais vous m'obligeriez en me donnant votre emploi du temps du lundi 4 juillet.

Pipil Patinakos mastiqua un morceau de parmesan parfumé à souhait.

— Le pic de la canicule… Pour moi, une journée originale ! Je me trouvais près de Liverpool, dans le village d'Ashton Hayes, la vitrine britannique de l'écologie, afin d'y déjeuner avec une sorte de gourou, Nijan Khandi. Des plats indiens, à base de riz et d'épices. Ça cale.

— À quelle heure était fixée cette rencontre ?

— À treize heures. Ma mission consistait à recueillir ses analyses sur la mutation écologique adaptée au réchauffement climatique. De quoi rédiger un rapport pour la sous-commission, qui la remettrait à la commission adéquate. Elle pondrait un autre rapport pour les archives, et un discours en cas de besoin.

— Êtes-vous resté longtemps avec M. Khandi ?

— Jusqu'à dix-sept heures. Ensuite, j'ai pris un avion d'affaires pour regagner Londres.

Higgins prit des notes sur son carnet noir.

— Vous écrivez quoi ?

— Votre témoignage d'une parfaite précision. Le confirmeriez-vous sous serment ?

— Ben… bien sûr ! Pourquoi tout ce ramdam ?

— Secret de l'enquête. Puisque vous en avez le temps, savourez un dessert inoubliable : la *torta della nonna*.

— 35 —

À seize heures, un taxi déposa Higgins devant la « vieille dame » de Threadneedle Street, à savoir l'auguste Banque d'Angleterre, fondée en 1694. En dépit des convulsions financières de la planète, elle demeurait un centre stratégique où officiait Watson B. Petticott, relation obligée de tous les politiciens et des hommes d'affaires de premier plan.

La plus grande fierté du banquier était son appartenance au club archéologique fondé par Higgins, le cercle le plus fermé du Royaume-Uni, ne comportant qu'un nombre très restreint de membres. Leur activité principale consistait à déguster des plats traditionnels et à goûter de grands crus classés. Entre eux, c'était à la vie à la mort. Et qui avait besoin d'aide se voyait immédiatement secouru.

Petticott fut heureux d'accueillir Higgins dans son immense bureau de style victorien. Au pied d'une grande lampe en bronze, représentant un lion en marche qui soutenait le globe terrestre, un calendrier donnait la date. Le mobilier en bois des îles rappelait l'époque où l'Empire britannique dominait le monde.

— De quel crime t'occupes-tu ? demanda Watson B. Petticott.

— Le professeur Grégory Cloud.

— Diable ! Te voilà en plein CO_2. Il n'avait pas que des amis, surtout en cette période où il faut tout repeindre en vert. Assieds-toi, je nous sers deux verres de mon meilleur porto, un vintage exceptionnel. Avec des canapés au saumon sauvage, c'est un délice.

Le banquier ne se vantait pas. Et ses fauteuils à haut dossier, en cuir vert, assuraient un parfait confort.

— Que désires-tu savoir, Higgins ?

— Qui est réellement un certain Nijan Khandi, apôtre de l'écologie, installé à Ashton Hayes, près de Liverpool.

Petticott sourit.

— Je n'ai même pas besoin de solliciter mon équipe, car je connais ce dossier par cœur ! Si c'est ton assassin, il ne lui manquait plus qu'un meurtre pour compléter son pedigree ! Le parcours de Khandi est particulièrement gratiné. En Inde, ce n'était qu'un petit bandit parmi des milliers. Puis il a eu une idée folle, qui a pourtant fonctionné : créer une association internationale pour promouvoir la paix sur la planète. Il a prétendu qu'elle était affiliée à l'ONU et qu'elle occupait des locaux à Genève. Ça a marché, les dons ont afflué, certains provenant de milliardaires de tous les continents. Mais les résultats n'ont pas suivi, des enquêtes ont prouvé que Khandi avait tout inventé et s'était caché quelque part avec l'argent récolté. Il y a deux ans, il est réapparu à la tête d'une société indienne d'intelligence artificielle qui, d'après la publicité, utilisait les machines les plus performantes et surpassait ses concurrentes. Des investisseurs ont financé la start-up, mais l'un d'eux a été curieux et a voulu voir les installations à Bombay. Pas de machines, mais une centaine d'informaticiens plus ou moins aguerris, mal payés et travaillant comme des esclaves ! Ce n'est pas la seule entourloupe du genre. Coincé, Khandi s'est réfugié en Grande-Bretagne, où des plaintes – ce qu'il ignorait – avaient été déposées contre lui. Un marché lui a été proposé : soit la prison, soit travailler comme indic pour les services fiscaux, avec une tâche précise, attirer puis dénoncer les entrepreneurs qui utilisent la couverture écologique pour blanchir des capitaux et monter des entreprises frauduleuses. Ils se confient à Khandi, et lui les dénonce aux autorités. Une superbe crapule, très rentable. On appelle ça aujourd'hui un « lanceur d'alerte », et tous les gouvernements en raffolent. Si tu le coinces, je m'en réjouirai.

— À t'écouter, j'en conclus que les informations dont il dispose sont plutôt fiables.

— Mieux renseigné que lui sur les turpitudes vertes, ça n'existe pas.

— J'ai un autre cas à te soumettre : le professeur John Arthur Allister.

— Il monte en flèche, celui-là ! Une soudaine et intense vocation écologique, et une nouvelle vedette du réchauffement climatique.

— Je le soupçonne de mener une activité parallèle qui lui procurerait des revenus non négligeables.

— Je mets mon équipe sur le coup. Bien entendu, c'est urgent ?

— Plutôt.

— Tu résides au Connaught, comme d'habitude ?

— On y dort bien.

— Je t'appelle dès que possible.

*

Le téléphone sonna vers vingt-trois heures, et les petits secrets percés par Watson B. Petticott ne manquaient pas d'intérêt. Très apprécié par l'Union européenne, le professeur Allister dirigeait un réseau mi-officiel mi-souterrain qui avait pour but de rafraîchir l'Afrique en lui vendant des réfrigérateurs intelligents et des boissons gazeuses basses calories. Toutes les sommes perçues par l'honorable universitaire n'étaient pas déclarées. Le nouveau vert travaillait au noir.

— 36 —

Quand Higgins entra dans le bureau ultramoderne du superintendant, ce dernier était aux prises avec un bug informatique, qui désorganisait le fonctionnement de New Scotland Yard.

Lorsque la tempête se calma, l'ex-inspecteur-chef relata ses découvertes à Marlow, puis lui adressa une requête.

— Veuillez convoquer, y compris par la contrainte, tous les suspects, à l'exception de Nijan Khandi. Son alibi le disculpe, et un nouvel entretien, pour le moment, ne mènerait à rien.

— Pensez-vous avoir identifié l'assassin ?

— Franchement, non. Trop de points obscurs. J'espère qu'un interrogatoire, dans les locaux de la police, provoquera des réactions et nous apportera des éclaircissements. Avez-vous enfin des nouvelles d'Agatha Marple ?

— Toujours pas, mais je vais hausser le ton.

*

Le professeur John Arthur Allister était furieux. Pendant une longue minute, il injuria Marlow et Higgins et leur promit de féroces représailles. Comment avaient-ils osé convoquer aussi brutalement un universitaire de haut niveau et le traiter comme un criminel ?

— Tout n'est pas clair dans vos premières déclarations, estima Higgins, d'une voix calme.

— Vous vous en contenterez, inspecteur ! J'ai obtempéré uniquement afin de clamer de vive voix mon indignation et de vous annoncer le dépôt d'une plainte pour abus d'autorité.

— Considérez-vous que la fraude fiscale est un péché véniel ?

Le professeur se raidit.

— Qu'est-ce que ça signifie ?

— Si je parle de réfrigérateurs intelligents, de boissons gazeuses sans calories et d'Afrique, me comprendrez-vous mieux ?

Le visage de l'universitaire se fripa.

— Vous... vous...

— Votre verdissement apparent, doublé d'un blanchiment répréhensible, n'est pas mon principal souci, indiqua Higgins. En revanche, j'aimerais savoir pourquoi vous avez menti en prétendant ne pas connaître Ken Muffin et Titania Nasby.

— Mais je ne les connais pas !

— Cette jeune femme a assisté à vos conférences, et le couple vous a écrit.

— Je reçois tellement de lettres, et je compte tellement d'auditeurs ! Comment voulez-vous que je me souvienne de ces deux-là ?

— L'un et l'autre vous admirent et souhaitaient collaborer avec vous. Et vous aviez un ennemi commun : le professeur Cloud.

Allister se laissa tomber sur une chaise.

— Qu'allez-vous imaginer ?

— Qu'un cerveau criminel, voulant se débarrasser d'un adversaire récalcitrant et gênant, a loué les services d'un couple d'écologistes fanatiques afin de commettre un assassinat, tout en restant hors d'atteinte. Comme votre offensive menée à Cambridge afin de destituer le professeur Cloud ne donnait pas le résultat escompté, vous avez adopté une stratégie plus radicale.

Effaré, Allister ne parvint qu'à bredouiller de vagues dénégations.

— Le moment est venu d'avouer, intervint Marlow. D'excellents avocats rejetteront la faute sur les exécutants.

Higgins avait rarement vu un homme si arrogant se décomposer à une vitesse pareille.

— Je vous jure que je n'ai pas organisé l'assassinat de Cloud… L'Afrique, ça n'a rien à voir. J'avais besoin d'un peu d'argent. La science ne rapporte pas toujours gros. Et je suis convaincu que le CO_2 est une calamité.

Brisé, l'universitaire baissa les yeux et sanglota. Si ce n'était qu'une comédie, il possédait un don exceptionnel.

— Rentrez chez vous, déclara Higgins, mais ne quittez pas Londres jusqu'à nouvel ordre.

John Arthur Allister se releva comme un automate.

— Je ne peux pas avouer un crime que je n'ai pas commis, confessa-t-il d'une voix traînante. Et je n'ai commandité personne.

À pas lents, il sortit du bureau du superintendant.

⋆

— Le pantalon noir, l'Afrique, son mensonge… Ça ne suffit pas pour l'arrêter, conclut Marlow. Pourtant, votre théorie est plutôt séduisante, Higgins ! J'ai cru qu'Allister allait craquer. Vous n'avez pas d'autre carte dans la manche ?

— À part son absence d'alibi, non. Et aucune preuve formelle. À supposer qu'il soit sincère, il ne semble pas avoir le profil d'un assassin, même par procuration.

— Et sans aveux, nous sommes bloqués !

Scott Marlow répondit à l'appel d'un adjoint.

— Tous les suspects sont rassemblés dans la même salle d'attente, sous surveillance policière, annonça-t-il à Higgins. On a dû menotter Durani, qui a violemment réagi et refusé de suivre les inspecteurs venus l'interpeller. Genoviès s'est également mal comporté, et le couple d'écolos n'a cessé de protester contre l'arbitraire et la police politique. Seule Cynthia Li n'a manifesté aucune émotion. Joli panier de crabes !

— Faites venir Baldur Genoviès, demanda Higgins.

— 37 —

Vêtu d'une veste jaune et d'un pantalon violet, l'Irlando-Portugais avait une mine de bouledogue.

— C'est quoi, cette convocation ? Si vous avez de quoi me tarabuster, aboulez !

— Nous aimerions avoir davantage de précisions sur vos projets commerciaux, sollicita Higgins.

— Non mais dites donc... et le secret professionnel ?

— Dans le cadre d'une affaire criminelle, il n'a plus lieu d'être.

— Et si je vous envoie paître ?

— Nous vous envoyons en détention préventive, annonça le superintendant.

Baldur Genoviès regarda ses chaussures.

— D'accord, l'heure est à la diplomatie... J'avoue que je traverse une mauvaise passe. Une kyrielle de ratés. Les Chinois, c'est pas de la tarte. Faut presque leur donner de l'argent pour qu'ils acceptent de faire des affaires.

— En clair, vous avez été abusé.

— Je me suis retrouvé à poil, inspecteur. Maintenant, je dois me rhabiller. L'Inde, la Chine...

J'en ai pris plein la poire. Faut que je me recentre sur l'écologie, dans notre bonne vieille Europe.

En explorant cette piste, Higgins ne s'attendait pas à un tel résultat. Il soupçonnait un certain flou dans les affaires de Genoviès, mais pas cette débandade.

Ce dernier s'assit lourdement, les mains sur les genoux.

— Le Baldur, il est pas fini. Il a déjà été au fond du trou, mais il est toujours remonté.

Une hypothèse traversa l'esprit de Higgins.

— Les banques ont-elles refusé de vous prêter de l'argent ?

— Vous savez ce que c'est : pas le genre à courir le moindre risque.

— À qui vous êtes-vous adressé pour obtenir des fonds ?

Genoviès croisa les doigts.

— Ça me gêne un peu...

— Je vais vous aider. Ne serait-ce pas Cynthia Li ?

— Elle m'a jeté en moins de dix minutes. Une lame de couteau.

— Alors, vous avez songé à quelqu'un dont vous aviez beaucoup entendu parler. Un homme sympathique et généreux, sans fortune, mais capable de vous offrir une aide ponctuelle.

— C'est ça, marmonna Genoviès.

— Le professeur Grégory Cloud.

L'Irlando-Portugais sursauta.

— Non, enfin... oui. Ça peut vous paraître bizarre, mais sa femme m'avait dit que c'était un type super. J'ai tenté le coup.

— Vous vous êtes rendu à son domicile de l'East End, intervint Marlow, non pour lui emprunter de l'argent, mais pour le voler. Il vous a surpris, vous l'avez tué.

— Ah mais non, s'empourpra l'accusé, ça ne s'est pas du tout passé comme ça ! En réalité, j'ai fait chou blanc. Le prof n'était pas chez lui. En cogitant, je me suis trouvé idiot. Un moment de faiblesse, comme on en a tous. Le plus simple, c'est d'hypothéquer mon appartement et de repartir de zéro.

« En mélangeant le vrai et le faux, ce filou cherche à nous embrouiller », pensa Scott Marlow. Mais sa filouterie était-elle allée jusqu'au crime ?

— Si vous avez commis l'irréparable, Genoviès, soulagez votre conscience en avouant.

Le regard de l'homme d'affaires vacilla.

— Je vous jure que le prof n'était pas chez lui et que j'ai sonné dans le vide.

Baldur Genoviès ressemblait à un enfant égaré.

— Rentrez chez vous, et ne quittez pas Londres, ordonna le superintendant.

— Pas de danger… Je reçois des agents immobiliers.

La démarche du suspect n'était pas celle d'un conquérant. À peine était-il sorti du bureau qu'un planton surgit.

— Du grabuge, superintendant ! Durani a tenté de s'enfuir. Il a fallu pas moins de trois collègues pour le rattraper et le plaquer au sol. Un de nos hommes est légèrement blessé.

— Amenez-moi ce lascar.

*

Ahmed Durani n'était que fureur à peine contenue. Il fixa tour à tour Marlow et Higgins.

— Ôtez-moi immédiatement ces menottes !

— Asseyez-vous et tenez-vous tranquille, exigea le superintendant. Vous en avez assez fait, non ?

— Vous me reprochez quoi ?

— D'avoir menti, répondit Higgins.

— Prouvez-le !

— Vous avez affirmé ne pas connaître Ken Muffin. Lui déclare vous avoir rencontré sur votre péniche, lors du lancement de Planète froide.

— J'ai oublié.

— Ne vous a-t-il pas salué, dans la salle d'attente ?

— Possible.

— Regardez l'écran de contrôle.

Scott Marlow fit défiler les images. On voyait Ken Muffin sourire en adressant un geste amical à Durani, sans réaction.

— Vous avez la mémoire courte, estima Higgins.

— Je rencontre quantité de gens auxquels je ne prête aucune attention.

— Muffin est un écologiste très engagé et, comme tous les individus excessifs, facile à manipuler. Or, vous aviez une mission à accomplir, sous la couverture de votre ONG : empêcher, par n'importe quel moyen, le professeur Cloud de recycler le CO_2 de l'océan pour en faire du carburant liquide et concurrencer les producteurs de pétrole arabes, vos employeurs. En tant que tueur à gages, vous étiez capable de l'assassiner vous-même, mais pourquoi ne pas utiliser un fanatique en lui expliquant que l'élimination d'un défenseur acharné du carbone serait bénéfique pour la planète ? Vous l'avez convaincu, préparé et équipé. Du travail de professionnel, ravi de transformer un amateur en arme mortelle.

— Joli roman d'espionnage, inspecteur.

— Le MI5 nous a précisément renseignés sur votre compte, monsieur Durani.

— Ah... Il vaudrait peut-être mieux que je change de stratégie.

— Ce serait une preuve d'intelligence.

— Vous espérez quoi, au juste ?

— Vos aveux circonstanciés.

— À quel propos ?

— L'assassinat du professeur Cloud.

— En échange, vous me laissez quitter l'Angleterre ?

— Impossible, trancha Marlow.

— Et si le MI5 fait pression sur vous ?

— Il se cassera le nez.

— En ce cas, je n'ai aucun intérêt à avouer un meurtre que je n'ai pas commis. Ça vous embête, hein ? mais c'est pourtant la vérité. OK, ce vieux prof et ses inventions gênaient mes patrons. Comme ils ne sont pas idiots, ils ont étudié son projet de près. Irréalisable dans l'immédiat. Donc, aucune raison de tuer Cloud. Planète froide, une couverture idéale pour préparer mon intervention, qui a été annulée. L'utopiste ne vivrait pas assez longtemps pour rivaliser avec le pétrole. Et j'ajoute que je n'ai jamais utilisé un amateur.

— Vous ne savez pas qui a assassiné Grégory Cloud ?

— Aucune idée, inspecteur. Voilà, je vous ai tout dit.

— Vous allez séjourner un moment en cellule, annonça Marlow.

Durani sourit.

— Nourri, logé, blanchi… Votre seul motif d'inculpation, c'est ma rébellion contre les forces de l'ordre. Je serai vite libéré. Ensuite, je quitte définitivement l'Angleterre.

— 38 —

Deux policiers en uniforme conduisirent Ahmed Durani jusqu'à sa cellule. Scott Marlow était furibond.

— Ce sale bonhomme a exécuté un contrat, et nous ne pouvons pas le prouver !

Secrètement, il espérait que Higgins avait découvert un indice majeur qui accablerait le tueur. Mais l'ex-inspecteur-chef se contenta de demander la comparution de Cynthia Li.

Chignon maintenu par des épingles en argent, corsage noir, pantalon bouffant violet, gants noirs, la Chinoise était aussi ravissante qu'indéchiffrable. Seule fausse note : un excès de crème rose sur ses joues.

— Puis-je m'asseoir ?

Higgins lui avança une chaise.

Le regard vers le plafond, l'Asiatique semblait absente.

— Certaines de vos déclarations paraissent inexactes, dit Higgins en tournant lentement autour d'elle.

— Lesquelles ?

— Sans doute exercez-vous une certaine activité dans le domaine de la fabrication des crèmes régénératrices, mais ce n'est pas la principale. Tout en vantant la politique écologique de votre gouvernement, vous dirigez une unité de production de batteries destinées aux voitures électriques qui, à court terme, devraient conquérir le marché européen. C'est bien la vérité ?

Cynthia Li ne répondit pas.

— Vous avez affirmé ne pas connaître Baldur Genoviès, reprit Higgins. Lui prétend avoir été en conflit avec vous, à son détriment.

— Genoviès ? Maintenant, je me rappelle. Un escroc qui considérait les Chinois comme des naïfs. Je l'ai empêché de nuire, en effet, et j'en suis fière.

— Vous avez également affirmé ne pas connaître Ken Muffin et Titania Nasby. Or, ils ont assisté, à l'Institut Confucius, à une table ronde que vous dirigiez. Ce ne furent pas de simples auditeurs, puisqu'ils vous ont contactée, et que vous avez envisagé, avec eux, d'importants projets d'avenir.

La Chinoise sourit.

— Vous vous faites une fausse idée de ce genre de réunion, inspecteur. J'en tiens des dizaines par an, à l'Institut Confucius et ailleurs, afin d'exposer la vision écologique de notre président. Ensuite, j'écoute les propositions de nombreuses personnes que j'encourage poliment et que j'oublie aussitôt.

— Le cas de ce couple est différent, semble-t-il. D'après des informations dignes de foi, vous avez établi des relations très particulières.

Un tic secoua la paupière de Cynthia Li.

— À savoir ?

— Son engagement écologique n'empêchait pas Ken Muffin d'avoir le sens des affaires. Avec votre appui, indispensable, il importait en Grande-Bretagne des panneaux solaires chinois de qualité médiocre, mais qui se vendaient en grande quantité grâce à la nécessité reconnue d'opter en faveur des énergies renouvelables.

— C'est de l'écologie pragmatique, estima la Chinoise. Je n'y vois aucun mal.

— Vous n'avez pas négligé Titania Nasby.

— Qu'ai-je donc fait, inspecteur ?

— Vous l'avez chargée de diffuser sur notre territoire des chaussures estampillées « écologiques », fabriquées par des esclaves dans une usine du Bangladesh que vous contrôlez.

— Elles ne blessent pas la terre et respectent l'environnement. C'est un réel progrès.

— Ce couple vous devait donc beaucoup, mademoiselle Li.

— D'une certaine façon. Je suis toujours heureuse d'aider les jeunes à réussir.

— Reconnaissants, ne vous obéissaient-ils pas au doigt et à l'œil ?

— Je ne vous suis pas.

— Supposons que vous ayez reçu l'ordre de tuer le professeur Cloud, dont la position pro-carbone déplaisait à votre gouvernement. Y participer vous-même était trop délicat. Il vous fallait donc recruter des exécutants, des écologistes radicaux, prêts à commettre un crime qu'ils jugeaient indispensable.

— Possédez-vous une preuve de ce que vous avancez ?

— Non, mademoiselle.

— En ce cas, vos propos n'ont aucun poids.

— Cette hypothèse, elle non plus, n'en a-t-elle aucun ?

— Seuls comptent les faits, surtout lorsqu'on mène une enquête criminelle.

— Votre relation privilégiée avec Ken Muffin et Titania Nasby en est un.

— Certes, mais où vous mène-t-il ? À la promotion de l'écologie dans divers domaines. L'engagement de mon pays dans ce secteur est un progrès capital pour l'avenir de la planète. Et je vais vous offrir une confidence.

Cynthia Li ménagea son effet. Une bonne trentaine de secondes s'écoulèrent, et son sourire s'accentua.

— Si j'avais décidé d'assassiner le professeur Cloud, je vous confirme que j'aurais utilisé un poignard volant.

— 39 —

À contrecœur, Marlow libéra Cynthia Li, qui se retira sans hâte, avec un parfait self-control.

— Elle nous mène en bateau, dit le superintendant, rageur. Sa façon de s'habiller est une provocation ! Après m'avoir assommé, elle me nargue !

Nouvelle déception : au lieu d'alourdir le dossier de la suspecte, Higgins se contenta de compléter ses notes et de demander la venue du couple de jeunes écologistes.

Main dans la main, le menton levé, ils se figèrent juste devant le bureau du superintendant. Ken Muffin était vêtu d'une chemise hawaïenne et d'un pantalon orange, Titania Nasby d'une robe violette très décolletée s'arrêtant à mi-cuisses. Dans ses cheveux, des confettis multicolores. Les ongles de ses pieds nus étaient peints en noir.

— Voici une déclaration politique, annonça Ken Muffin. Ma compagne et moi sommes victimes d'une persécution policière organisée par un pouvoir inique, au service du grand capital et des ennemis de la planète. Persécutés, nous continuerons cependant à lutter contre le carbone et le réchauffement climatique. Honte aux obscurantistes et à nos tortionnaires !

— Merci d'avoir été bref, dit Marlow, excédé. À présent, répondez clairement : qui vous a ordonné d'assassiner le professeur Cloud ?

Les deux jeunes gens se regardèrent.

— Mais… personne ! s'exclama Ken Muffin.

— La lutte écologique n'est pas votre seule préoccupation, intervint Higgins. Grâce à Cynthia Li, vous avez également des activités plus lucratives. Panneaux solaires chinois pour M. Muffin, chaussures du Bangladesh pour Mlle Nasby.

La brune se colla à son amant.

— C'est… C'est…, murmura-t-il.

— C'est vrai ? questionna l'ex-inspecteur-chef.

Le regard de Muffin se troubla.

— Vrai, un peu…

— Beaucoup ?

— Beaucoup.

— Voici comment s'est déroulée cette tragédie, expliqua Higgins. Votre rencontre avec Cynthia Li a été décisive, car elle vous a ouvert l'horizon écologique de la Chine, tout en assurant votre subsistance matérielle, sans heurter vos convictions. Vos liens se sont renforcés, jusqu'au moment où votre bienfaitrice vous a proposé d'agir de manière radicale afin de prouver la réalité de votre engagement. Cette action consistait à supprimer votre principal adversaire, le professeur Cloud. Spécialiste de la 3D, Cynthia Li vous a fourni une arme intraçable, facile à manier, et votre compagne des chaussures, ou plutôt des chaussons, qui ne font aucun bruit. Vêtu de noir, cagoulé, vous vous êtes introduit dans l'appartement de votre victime, que vous aviez repéré, comme vous l'avez avoué. Après sa lettre de menace, votre compagne ne pouvait plus reculer, et elle vous a insufflé le courage d'aller jusqu'au bout. Pour vous deux, ce crime n'en était pas un. C'est ce que plaidera votre avocat.

— Vos aveux joueront en votre faveur, ajouta Marlow.

Muffin serra sa maîtresse contre lui.

— Tu as entendu, ma chérie ?

Titania Nasby semblait privée de l'usage de la parole.

— C'est fou, non ? Moi, un assassin… Toi, mon inspiratrice ; la Chinoise, notre commanditaire !

— Reconnaissez-vous les faits ? interrogea Marlow.

La question mit longtemps à parvenir au cerveau du jeune homme.

— Les faits… quels faits ?

— Ne jouez pas les idiots, Muffin. Vous avez intérêt à avouer. La principale responsable, c'est Cynthia Li. Vous n'avez été qu'un jouet entre ses mains.

— Tu entends ça, chérie ? gémit l'accusé.

Titania Nasby le repoussa sèchement, puis toisa le superintendant.

— Vous essayez de nous déstabiliser. Raté. Nous sommes innocents. L'idéal écologique rejette la violence. Seuls la paix et l'amour sauveront notre planète. Même si nous détestions le professeur Cloud, ni moi ni Ken ne nous sommes comportés comme des barbares. Et vous êtes incapables de prouver le contraire.

Higgins demeura silencieux.

— De sérieux soupçons pèsent sur vous, assena néanmoins le superintendant, alors que Muffin étreignait de nouveau sa compagne, qui ne le repoussa pas.

— Puisqu'une voiture de police nous a véhiculés jusqu'ici, rappela Titania Nasby, elle pourrait peut-être nous ramener chez nous.

— À une condition : que vous n'en bougiez pas !

— À cause de cette canicule, nous devons surveiller le potager, répondit la jeune femme, dédaigneuse.

— 40 —

Tous les suspects avaient quitté Scotland Yard et, malgré plusieurs hypothèses plausibles, aucune n'avait été étayée de façon satisfaisante.

D'un tiroir de son bureau, Marlow sortit une bouteille de whisky, le meilleur remontant lorsque la situation se dégradait.

— Vous en voulez une goutte, Higgins ?

— Volontiers.

Mauvais signe. Très mauvais signe. Si l'ex-inspecteur-chef se laissait ainsi aller, c'est qu'il avait du vague à l'âme. Bien qu'il tentât de faire bonne figure, le superintendant le sentait troublé.

— N'avez-vous vraiment aucune certitude, Higgins ?

— Malheureusement aucune.

— Cette affaire tourne certainement autour du projet du professeur Cloud concernant le recyclage du CO_2 de l'océan.

— Une éventualité.

— En doutez-vous ?

— Un détail m'intrigue : pourquoi l'assassin n'a-t-il pas découvert le carnet d'une cinquantaine de pages contenant les trouvailles de Cloud ?

— Il aura mal cherché !

— S'il était venu s'emparer de ce trésor, au prix de la vie de son propriétaire, il aurait mené ses investigations à terme et serait reparti avec ce précieux document.

— Qu'en concluez-vous, Higgins ?

— J'ai besoin de réfléchir, en réexaminant les indices dont nous disposons. Et il nous manque encore le témoignage d'Agatha Marple.

— Nous l'aurons, je vous le promets !

Tandis que Scott Marlow secouait ses collègues écossais, Higgins, malgré la chaleur, décida de se promener le long de la Tamise. La température dissuadait nombre de touristes de visiter Londres, et les incitait à se réfugier dans des lieux climatisés où l'on servait des boissons fraîches.

Le temps paraissait presque immobile. Higgins songea aux nombreuses affaires criminelles qu'il avait élucidées, et se demanda pourquoi celle-là lui résistait. En rencontrant de nouveau les suspects, il avait espéré déceler la faille qui le mènerait vers la vérité, mais cette démarche n'avait pas dépassé le stade des supputations certes raisonnables, mais non confortées par des preuves.

En regardant le fleuve, l'ex-inspecteur-chef songea à celui du Tao, dans lequel le nageur devait s'immerger en toute conscience pour connaître le flux créateur, sans lui opposer la résistance négative de l'individu périssable.

Si Higgins échouait, c'était en raison de sa fixité excessive par rapport aux faits : le meurtre d'un défenseur du carbone commis par d'ardents défenseurs de l'écologie, persuadés que le professeur Cloud était une sorte de monstre qu'il fallait éliminer. Un monstre qui, cependant, voulait recycler le CO_2 des océans, portant ainsi un coup fatal à l'industrie pétrolière, qui avait causé tant de dégâts politiques, sociaux, économiques et environnementaux.

Telles étaient les données d'un problème qui n'avait pas de solution, à cause d'une vision trop étroite et d'un manque d'investigation au sein même de l'énigme. Quelque chose brouillait les pistes et entraînait l'ex-inspecteur-chef sur des chemins sans issue.

Une dernière chance : la relecture très attentive de ses notes.

Les mensonges et les omissions des suspects, et surtout les indices recueillis au domicile de la victime, sans oublier l'assassin entièrement vêtu de noir, assez puissant et habile pour assommer promptement Scott Marlow et disparaître sans laisser de trace.

Ce fut un travail long et méticuleux que la canicule ne contraria pas, tant Higgins était concentré. Soudain, il comprit son erreur. Bien sûr, les indices découverts dans l'appartement de Grégory Cloud avaient leur importance.

Mais il en existait un autre, le talisman qu'il portait sur sa poitrine et qui n'avait pas stoppé les balles meurtrières. Un talisman... ou un message ?

L'idée folle qui avait traversé l'esprit de Higgins lui revint en mémoire. Ce n'était pas l'intervention sanglante du meurtrier en noir qui lui fournirait la clé, mais l'identification de l'homme en blanc. Si c'était bien celui auquel Higgins pensait, et si ses souvenirs un peu flous ne le trompaient pas, les divers éléments du crime commençaient à s'emboîter.

Une telle haine, cuite et recuite, était-ce vraiment possible ?

Une vérification rapide s'imposait. Auparavant, la gorge sèche, l'ex-inspecteur-chef devait se désaltérer. Dans un pub traditionnel, il but une pinte d'ale bien fraîche.

L'homme en blanc… et un assassin se vengeant d'un assassin.

— 41 —

Célèbre commissaire-priseur, l'Écossais Malcolm Mac Cullough résidait dans une grande maison de la banlieue nord de Londres, en réalité une immense bibliothèque consacrée à toutes les civilisations, de la préhistoire à la Chine en passant par l'Égypte ancienne. Même sa cuisine était équipée d'étagères supportant de gros volumes, dictionnaires, catalogues, thèses et grammaires de langues plus ou moins mortes. Mac Cullough travaillait la nuit et dormait le jour.

À dix heures du matin, il se préparait à gagner sa chambre, elle aussi encombrée de livres divers, lorsque résonna sa sonnette sur un rythme particulier.

— Pas possible… Il est reparti en guerre !

L'Écossais alla ouvrir et, sans surprise, découvrit Higgins qui avait utilisé le code d'urgence.

— Qui a-t-on assassiné ?

— Le professeur Grégory Cloud.

— Le défenseur du CO_2… L'assassin, c'est forcément Greta Carbone.

— Elle n'est pas sur la liste des suspects.

— Tu as besoin de mes lumières ?

— Tu possèdes certainement un ouvrage détaillé sur les papes.

— Plusieurs, et avec des indications qui ne figurent pas sur la Toile. Sujet très sensible.

En faisant appel aux compétences de l'Écossais, membre éminent de son club archéologique, Higgins courait un risque majeur. Le seul défaut de son ami consistait à croire en ses dons de pâtissier. Redoutant le pire, l'ex-inspecteur-chef s'était muni d'un tube de *Nux vomica* 5 CH, efficace contre les indigestions. Seuls des ignorants ou des malhonnêtes ne reconnaissaient pas les bienfaits de l'homéopathie, que Mary, la gouvernante du manoir de The Slaughterers, pratiquait depuis toujours, et appliquait avec succès aux animaux.

— Tu tombes bien, dit Mac Cullough. Nous allons boire un café au rhum et déguster une tarte aux myrtilles, aux champignons, à la liqueur de prune et à la fleur de mimosa.

Le chemin d'un enquêteur ne ressemblait que rarement à un tapis de roses.

— Je te sers, régale-toi pendant que je vais chercher la documentation.

Higgins absorba quatre granules préventivement. Il faudrait renouveler le traitement au moins cinq fois par jour pendant une semaine pour remettre le foie en état de fonctionnement normal.

Intuition de l'ex-inspecteur-chef : l'homme en blanc, qui portait une soutane, ressemblait tellement à un pape qu'il en était probablement un. Et pourquoi pas un pontife lié à une association criminelle, épisode oublié depuis longtemps ? Mac Cullough apporta un lourd fardeau.

Higgins feuilleta un pavé qui relatait les méfaits des papes, depuis saint Pierre, lequel avait renié trois fois le Christ, jusqu'aux troubles affaires contemporaines.

Il songeait forcément à un Grégoire, supposant que le prénom Grégory n'était pas dû au hasard. Mais quel numéro ?

Sa lecture aboutit.

— Le voilà : Grégoire XVI, pape de 1831 à 1846.

Cette fois, tout s'éclairait. Bien sûr, il fallait encore vérifier quelques détails grâce à la puissante machinerie de Scotland Yard. Mais Higgins avait ressenti cette fulgurance qui dissipait les incertitudes.

— Que penses-tu de ma dernière création ? s'inquiéta Mac Cullough.

— Une saveur inédite.

— Je peux l'améliorer avec de la noix de cajou et une émulsion de fromage de chèvre.

Le caractère brutal du café au rhum exerça néanmoins un effet digestif non négligeable.

Higgins ouvrit son carnet noir à la page sur laquelle il avait dessiné un visage.

— Connais-tu cet homme, Malcolm ?

— J'ai déjà vu cette tête-là. Des précisions ?

— Je ne veux pas t'influencer.

Même au terme d'une nuit de travail, ce challenge excitait l'Écossais au plus haut point. Quittant la cuisine, il se rua dans l'une des pièces de sa demeure.

Une demi-heure plus tard, il réapparut, épanoui.

— J'ai ton bonhomme, un sacré zigomar !

— Prénom Luz, je présume ?

Mac Cullough en resta bouche bée.

— Tu savais ?

— Un vague souvenir des cours de criminologie. Luz de Almeida, c'est bien lui ?

— C'est bien lui.

— 42 —

Les médias se déchaînaient. Aucun en faveur du professeur Cloud, mais tous contre l'incompétence de Scotland Yard. Si l'on se réjouissait de la disparition d'un défenseur du carbone, on souhaitait tout de même l'identification de l'assassin.

Au bord de la dépression, Marlow vit surgir un Higgins qui incarnait la sérénité.

— Du nouveau ? questionna-t-il, anxieux.

— Quelques points importants à vérifier, répondit l'ex-inspecteur-chef. Honnêtement, je ne doute pas du résultat, mais soyons pointilleux.

Le visage du superintendant s'illumina.

— Cette affaire serait-elle résolue ?

— Elle l'est, mais ne vous réjouissez pas. Impossible d'arrêter le coupable.

Marlow s'assombrit, mais tint à révéler son succès.

— Ah, une bonne nouvelle ! On a enfin récupéré Agatha Marple. Elle campait dans un coin des Highlands inexploré depuis un siècle. Elle a failli éborgner des policiers, tant elle était furieuse de revenir de force à Londres. Nous saurons bientôt si elle a vu quelque chose. Alors, que vérifions-nous ?

— D'abord, veuillez contacter le service administratif qui décide de ne pas renouveler les permis de séjour des étrangers. Qu'il nous confirme que le patron de la Pizzeria Latina, Angelo Rinaldo, a bien été convié à fermer son établissement, à quitter notre pays et à rentrer chez lui.

— Je me branche sur le bon canal.

Marlow eut de la chance. Scotland Yard fut un bon sésame, et il tomba sur un fonctionnaire compétent et rapide.

La réponse fut claire et nette. Marlow la transmit à Higgins.

— Aucune mesure d'expulsion contre Rinaldo. Sa pizzeria peut rester ouverte.

— Envoyez immédiatement une équipe de surveillance. Si Rinaldo et son bras droit Tarquini sortent du restaurant, qu'ils soient interpellés. J'espère qu'il n'est pas trop tard. Deuxième point : dans la liste des généalogistes italiens, existe-t-il un Tarquini ?

Pour obtenir un renseignement de cet ordre, l'informatique permettait de gagner du temps. Hyperperformant, l'ordinateur de Marlow lui délivra rapidement l'information.

— Pas de Tarquini, mais un Targhini.

— Une photo ?

— Je cherche... Oui, la voici.

— Le serveur de la pizzeria ?

— Sans aucun doute, jugea Marlow, étonné.

— Dernière investigation : l'identité du professeur Cloud.

Le superintendant fronça les sourcils.

— Que voulez-vous dire ?

— Pouvez-vous pénétrer dans l'ordinateur de Cambridge ?

— Sans problème, mais…

— Je vous en prie. Donnez-nous le véritable nom de la victime.

Intrigué, Marlow accomplit les manipulations nécessaires. Et ce qu'il découvrit le stupéfia.

— Cloud était un pseudonyme. Le professeur s'appelait Nubius.

— Dont acte, constata Higgins.

— Si vous m'expliquiez ?

— C'est une vieille histoire qui a eu des conséquences inattendues. Très hostile au libéralisme, le pape Grégoire XVI s'est heurté à un mouvement révolutionnaire, le carbonarisme. Ce souverain pontife a oublié la charité chrétienne en condamnant à mort deux adeptes de cette confrérie, Angelo Targhini et Leonida Montanari. Ces deux hommes avaient été dénoncés par un indicateur, Nubius. Vous comprenez ?

Le cerveau du superintendant entra en fusion.

— Leonide Tarquini… L'assassin a réuni en un nom d'emprunt les deux victimes d'un pape car, grâce à ses recherches généalogiques, il a retrouvé le descendant du délateur, Nubius, « le Nuageux », qui, en anglais, est devenu Cloud. Une vengeance en différé !

— Dans la chambrette de Tarquini, deux indices : un drap rouge et noir, emblème des carbonari, et le portrait de Luz de Almeida, animateur d'une Carbonaria au Portugal en 1896, dont l'assassin est le sosie. Son maître spirituel, qu'il vénérait.

— Les carbonari... Qui étaient-ils, au juste ? interrogea Marlow.

— Des héritiers de la charbonnerie, une branche de la franc-maçonnerie. Le rite des « bons cousins charbonniers » a été introduit en Italie, à Naples, au début du XIXe siècle. Charbonnerie en France, carbonarisme en Italie, se sont politisés, en s'étendant au Portugal et à l'Espagne. Les carbonari italiens ont usé de la violence et commis des crimes pour concrétiser leurs idéaux politiques, d'où la réaction de la papauté. Fort de ses trouvailles, Tarquini a décidé d'exercer une vendetta. Le descendant de Nubius devait payer pour son aïeul, qui avait fait condamner à mort deux carbonari, dont l'un était l'ancêtre de Tarquini.

— C'est complètement fou !

— Pas du point de vue de Tarquini. Peu importaient les années et le temps passé. Moralement, il se devait d'exercer *sa* justice. Il a même envoyé au professeur Cloud une image pieuse représentant le pape Grégoire XVI, afin de lui annoncer que son châtiment était imminent. Conscient du danger et sans doute superstitieux, Cloud-Nubius l'a utilisée comme un talisman qu'il portait sur lui, en espérant, à tort, conjurer le sort. C'est bien le carbone qui l'a tué, mais celui des carbonari, pas celui que maudissent les écologistes.

— 43 —

Marlow se sentit d'attaque.

— Je vais interpeller moi-même ce Tarquini !

— Ce sera en pure perte, déplora Higgins. Il possède un solide alibi, que lui a fourni Rinaldo, le patron de la pizzeria. Ces deux-là sont certainement liés par le sang et le carbonarisme. Ils ne craqueront pas. S'ils ont monté ce commerce, c'était pour épier leur proie. Ils ne pouvaient agir qu'un lundi, jour de fermeture, en prétendant qu'ils n'avaient pas bougé du restaurant où ils procédaient à des travaux d'entretien et de nettoyage.

— Pourtant, votre démonstration…

— Un bon avocat insistera sur le point faible : l'absence de preuve formelle.

L'un des adjoints de Marlow pénétra en trombe dans le bureau de son supérieur.

— Trois nouvelles, chef, deux bonnes et une mauvaise. Vos deux suspects sont au nid et sous surveillance ; et la météo annonce enfin de la pluie pour ce soir. La canicule, terminée !

— La mauvaise ?

— On ne sait pas quoi faire d'une harpie qui vient d'arriver au Yard et menace d'arracher les yeux de tous les policiers !

— Agatha Marple ?

— C'est ça.

— Amenez-la-moi immédiatement !

— On la ligote ?

— Surtout pas !

*

Vêtue d'un uniforme s'inspirant de celui des commandos de la marine, Agatha Marple y avait ajouté un élégant jabot de dentelle. D'abondants et superbes cheveux blancs formaient une crinière de lion. L'œil agressif, elle pointa l'index vers le superintendant.

— Je vous connais, vous, le gros ! Vous êtes descendu d'une vieille Bentley, garée juste devant l'immeuble où réside le professeur de Cambridge pro-carbone.

— Votre sens de l'observation et votre mémoire sont hors du commun, apprécia Higgins d'une voix paisible, et vous seule pouvez nous aider à arrêter l'assassin du professeur Grégory Cloud.

— Moi ?

— Vous seule, confirma l'ex-inspecteur-chef.

— Ah… Ça change tout. On n'a donc pas interrompu mes vacances pour rien. Un assassinat… Quelle horreur !

— Qu'avez-vous vu le 4 juillet à seize heures ?

— Un personnage cagoulé, entièrement habillé en noir, a jailli de l'immeuble du professeur. Il allait tellement vite qu'il a plaqué les mains sur le toit de la Bentley pour stopper sa course. Ensuite, il s'est faufilé entre deux voitures, a traversé la rue et s'est enfourné dans la Pizzeria Latina. À ce moment-là, j'ai eu le réflexe de me pencher à la fenêtre. J'ai dix dixièmes à chaque œil et je vous garantis mon témoignage à cent pour cent.

— Sans vous, Miss Marple, un criminel serait resté en liberté.

La demoiselle rosit.

Après l'avoir raccompagnée, Higgins s'adressa à Marlow.

— Vous n'avez pas fait laver votre voiture, j'espère ?

— C'était prévu pour demain.

Le ciel se voilait.

— La pluie… Notre dernier adversaire !

— Rassurez-vous, ma Bentley est au garage.

⋆

Sous la direction de Holmes, le petit génie du laboratoire central de Scotland Yard et grand admirateur de Higgins, des techniciens tentaient, avec d'infinies précautions, de relever les empreintes laissées par l'assassin.

— Il portait des gants, rappela l'ex-inspecteur-chef.

— Avec la technologie dont nous disposons aujourd'hui, ce n'est pas un problème, surtout si le suspect a plaqué violemment ses mains. Seul hic :

si c'est un spécialiste, il aura fabriqué des gants spéciaux.

Tel n'était pas le cas. Les empreintes du coupable se révélèrent parfaitement lisibles.

Holmes décrypta les premières données.

Des gants de bonne qualité, solides et contenant des fibres de carbone.

★

Sous une pluie battante, Marlow, Higgins et dix inspecteurs de Scotland Yard pénétrèrent dans la Pizzeria Latina, alors qu'Angelo Rinaldo et Leonide Tarquini préparaient les tables pour le dîner.

Le patron accourut au-devant de l'ex-inspecteur-chef.

— Que se passe-t-il ? C'est notre dernière soirée ici, nous fermons définitivement demain.

— Pas de bavardage inutile. Nous savons tout.

— Tout ?

— Oui, tout.

Le visage de Rinaldo s'endurcit jusqu'à s'enlaidir. De la poche arrière de son pantalon, Leonide Tarquini sortit un couteau et se rua vers Higgins avec l'intention de le lui planter dans le dos.

Sur sa trajectoire, Marlow fut plus vif et lui enfonça son poing dans le ventre. Le souffle coupé, Tarquini lâcha son arme et s'effondra. Un juste retour des choses.

— Vous n'avez aucune preuve ! rugit Rinaldo.

— Si, répondit Higgins. Un témoignage visuel et une empreinte carbone.

— Épilogue —

Comme il s'agissait bien des empreintes de Tarquini, les deux Italiens avaient été incarcérés, et une batterie d'avocats s'apprêtait à jouer un procès retentissant.

Il pleuvait dru depuis deux jours, et la vieille Bentley, qui ramenait Higgins à The Slaughterers, restait vigilante en parcourant une route glissante. Son moteur goûtait une agréable température de quatorze degrés centigrades, marquant enfin un retour à la normale.

À peine l'ex-inspecteur-chef ouvrait-il le grand portail que le chien Geb, accourant à pleine vitesse, se dressa et plaqua ses pattes bien boueuses sur les épaules de son maître, geste rituel préludant au léchage des joues et à un festival de caresses.

Dûment prévenue, Mary avait eu le temps de préparer un déjeuner convenable pour Marlow et Higgins : terrine de sanglier, escargots à l'ail, lapin à la moutarde, pommes de terre sautées, fromage blanc et tarte aux poires agrémentée de boules de vanille.

— Vous voilà dans un bel état ! Et qui va nettoyer ce costume ? Ici, les bêtes font vraiment la loi. Enfin, votre chien n'aura pas été complètement inutile ! Figurez-vous qu'il a posé son empreinte au pied d'un chêne centenaire et qu'il a refusé de bouger, même à l'heure du déjeuner. J'ai pris une pelle et j'ai creusé. Au moins, je ne me suis pas éreintée pour rien ! L'un de vos ancêtres, un bandit de grand chemin, avait enterré là une cassette. Venez voir.

Le trésor était exposé sur la table de la cuisine sous laquelle le chat Trafalgar et le chien Geb dégustaient leur première gamelle.

La cassette contenait une dizaine de pièces d'or à l'effigie du pape Grégoire XVI.

ŒUVRES DE CHRISTIAN JACQ

Romans

L'Affaire Toutankhamon, Grasset (prix des Maisons de la Presse).
Barrage sur le Nil, Robert Laffont.
Champollion l'Égyptien, XO Éditions.
Le Dernier Rêve de Cléopâtre, XO Éditions.
L'Empire du pape blanc (épuisé).
Les Enquêtes de Setna, XO Éditions :
 * *La Tombe maudite.*
 ** *Le Livre interdit.*
 *** *Le Voleur d'âmes.*
 **** *Le Duel des mages.*
Et l'Égypte s'éveilla, XO Éditions :
 * *La Guerre des clans.*
 ** *Le Feu du Scorpion.*
 *** *L'Œil du Faucon.*
Horemheb, le retour de la lumière, XO Éditions.
Imhotep, l'inventeur de l'éternité, XO Éditions.
J'ai construit la Grande Pyramide, XO Éditions.
Le Juge d'Égypte, Plon :
 * *La Pyramide assassinée.*
 ** *La Loi du désert.*
 *** *La Justice du vizir.*
La Création du Temple de Salomon, Ebook (uniquement).
Maître Hiram et le roi Salomon, XO Éditions.
Le Moine et le Vénérable, Robert Laffont.
Mozart, XO Éditions :
 * *Le Grand Magicien.*
 ** *Le Fils de la Lumière.*
 *** *Le Frère du Feu.*
 **** *L'Aimé d'Isis.*
Les Mystères d'Osiris, XO Éditions :
 * *L'Arbre de vie.*

** *La Conspiration du mal.*

*** *Le Chemin du feu.*

**** *Le Grand Secret.*

La Naissance d'Anubis ou le Crime suprême (nouvelle), J Éditions.

Néfertiti, l'Ombre du Soleil, XO Éditions.

Pharaon, mon royaume est de ce monde, XO Éditions.

Le Pharaon noir, Robert Laffont.

La Pierre de lumière, XO Éditions :

* *Néfer le Silencieux.*

** *La Femme sage.*

*** *Paneb l'Ardent.*

**** *La Place de Vérité.*

Pour l'Amour de Philae, Grasset.

Le Procès de la momie, XO Éditions.

La Prodigieuse Aventure du Lama Dancing (épuisé).

Que la vie est douce à l'ombre des palmes (nouvelles), XO Éditions.

Ramsès, Robert Laffont :

* *Le Fils de la Lumière.*

** *Le Temple des millions d'années.*

*** *La Bataille de Kadesh.*

**** *La Dame d'Abou Simbel.*

***** *Sous l'acacia d'Occident.*

La Reine Liberté, XO Éditions :

* *L'Empire des ténèbres.*

** *La Guerre des couronnes.*

*** *L'Épée flamboyante.*

La Reine Soleil, Julliard (prix Jean-d'Heurs du roman historique).

Sphinx, XO Éditions.

Toutânkhamon, l'ultime secret, XO Éditions.

Urgence absolue, XO Éditions.

La Vengeance des dieux, XO Éditions :

* *Chasse à l'homme.*

** *La Divine Adoratrice.*

Ouvrages pour la jeunesse

Contes et légendes du temps des pyramides, Nathan.
La Fiancée du Nil, Magnard (prix Saint-Affrique).
Les Pharaons racontés par..., Perrin.

Essais sur l'Égypte ancienne

Ces femmes qui ont fait l'Égypte, XO Éditions.
L'Égypte ancienne au jour le jour, Perrin.
L'Égypte des grands pharaons, Perrin (couronné par l'Académie française).
Les Égyptiennes, portraits de femmes de l'Égypte pharaonique (épuisé).
Les Grands Sages de l'Égypte ancienne, Perrin.
Initiation à l'Égypte ancienne, MdV Éditeur.
La Légende d'Isis et d'Osiris, ou la Victoire de l'amour sur la mort, MdV Éditeur.
Les Maximes de Ptah-Hotep. L'enseignement d'un sage du temps des pyramides, MdV Éditeur.
Le Monde magique de l'Égypte ancienne, XO Éditions.
Néfertiti et Akhénaton, le couple solaire, Perrin.
Paysages et paradis de l'autre monde selon l'Égypte ancienne, MdV Éditeur.
Le Petit Champollion illustré, Robert Laffont.
Pouvoir et sagesse selon l'Égypte ancienne, XO Éditions.
Préface à : *Champollion, grammaire égyptienne*, Actes Sud.
Préface et commentaires à : *Champollion, textes fondamentaux sur l'Égypte ancienne*, MdV Éditeur.
Rubriques « Archéologie égyptienne », dans le *Grand Dictionnaire encyclopédique*, Larousse.
Rubriques « L'Égypte pharaonique », dans le *Dictionnaire critique de l'ésotérisme*, Presses universitaires de France.
La Sagesse vivante de l'Égypte ancienne, Robert Laffont.
La Tradition primordiale de l'Égypte ancienne selon les Textes des Pyramides, Grasset.
La Vallée des Rois, histoire et découverte d'une demeure d'éternité, Perrin.
Voyage dans l'Égypte des pharaons, Perrin.

Autres essais

La Flûte enchantée de W.A. Mozart, traduction, présentation et commentaires de C. Jacq, MdV Éditeur.

La Franc-maçonnerie, histoire et initiation, Robert Laffont.

Le Livre des Deux Chemins, symbolique du Puy-en-Velay (épuisé).

Le Message initiatique des cathédrales, MdV Éditeur.

Saint-Bertrand-de-Comminges (épuisé).

Saint-Just-de-Valcabrère (épuisé).

Trois Voyages initiatiques, XO Éditions :

* *La Confrérie des Sages du Nord.*

** *Le Message des constructeurs de cathédrales.*

*** *Le Voyage initiatique ou les Trente-Trois Degrés de la Sagesse.*

Albums illustrés

L'Égypte vue du ciel (photographies de P. Plisson), XO Éditions et La Martinière.

Karnak et Louxor, Pygmalion.

Le Mystère des hiéroglyphes, la clé de l'Égypte ancienne, Favre.

La Vallée des Rois, images et mystères (épuisé).

Le Voyage aux pyramides (épuisé).

Le Voyage sur le Nil (épuisé).

Sur les pas de Champollion, l'Égypte des hiéroglyphes (épuisé).

Bandes dessinées

Les Mystères d'Osiris (scénario : Maryse, Jean-François Charles ; dessins : Benoît Roels), Glénat et XO Éditions :

* *L'Arbre de vie (1).*

** *L'Arbre de vie (2).*

*** *La Conspiration du mal (1).*

**** *La Conspiration du mal (2).*

ON EN PARLE...

« Higgins travaille comme nous le faisons, dans la réflexion. Il écoute, il observe, il relève ce qui est anachronique et incohérent. Ensuite, il réfléchit, analyse et pose les bonnes questions. Depuis trente-trois ans au service de la gendarmerie et de l'IRCGN, c'est ainsi que je forme les enquêteurs et les techniciens qui travaillent avec moi. »

Capitaine THOMAS,
IRCGN.

★

« La recette de Christian Jacq est simple : une intrigue bien construite, des personnages attachants et une écriture alerte. Simple, efficace... On n'a jamais fait mieux ! »

Thierry NIOGRET,
France Bleu Béarn.

★

« Une tradition d'enquête policière où la résolution des crimes commis ne doit rien aux procédés technologiques modernes, mais tout à la sagacité d'un enquêteur, l'inspecteur Higgins, digne héritier des Poirot ou Holmes. »

Nicolas BLONDEAU,
Le Progrès.

★

« Il n'est pas exagéré de dire que le lecteur, littéralement absorbé, mène les investigations au côté de l'inspecteur Higgins. »

Noëlle de SONIS,
La Manche libre.

★

« Le livre est rythmé, l'enquête digne d'un roman d'Agatha Christie. La recette est classique, mais la magie opère toujours. Le lecteur est captivé jusqu'aux dernières pages. »

Franck Boitelle,
Paris-Normandie.

★

« Christian Jacq mène avec une redoutable efficacité et une délicieuse sophistication un récit bien sombre et bien cadencé. Le lecteur est bousculé par les contre-indices qui jaillissent à chaque page. Il se laisse baigner par l'atmosphère enveloppante du récit. Ambiance crépusculaire et frissons garantis jusqu'à la dernière ligne. »

Véronique Emmanuelli,
Corse-Matin.

★

« Higgins n'écoute que son bon sens et balaie d'un revers toute précipitation. Poirot et Maigret, ses illustres confrères, usent de la même sagesse. »

Vincent Roussot,
L'Yonne républicaine.

★

« Fidèle à son habitude, Higgins va devoir user de son sens de l'observation, de sa maîtrise de la conversation et de sa perspicacité pour faire toute la lumière. »

Lyliane Mosca,
L'Est-Éclair.

★

« Des polars à l'anglaise qui respectent à merveille les canons du genre, à commencer par les personnages, très typés… Des romans plaisants et distrayants, qui plus est bien écrits, pour passer le temps en avion, dans le train, ou en cachette au bureau derrière son Mac.

Depuis le paradis des romanciers, sainte Agatha Christie doit considérer avec plaisir la réussite de l'un de ses fidèles continuateurs. »

Philippe LE CLAIRE,
L'Union-L'Ardennais.

★

« Le livre se déguste comme un bon Agatha Christie et on attend avec impatience de découvrir la suite des aventures de cet inspecteur de Scotland Yard qui tient autant d'Hercule Poirot que de l'inspecteur Columbo ! »

Florence DALMAS,
Le Dauphiné libéré.

★

« Un roman fidèle à l'atmosphère et aux retournements de situation, tels que les aime Christian Jacq. Et nous avec. »

Yves DURAND,
Le Courrier de l'Ouest.

★

« Atmosphères troubles, énigmes *a priori* inextricables, personnages hauts en couleur, fausses pistes de tous côtés… Délectez-vous des enquêtes menées de main de maître par l'incomparable Higgins. »

Le Grand Livre du mois.

★

« Délicieusement désuet, mais très moderne en même temps, le héros de Christian Jacq est réellement postmoderne. Réjouissant ! [...] On est enchanté du début à la fin. Avec une régularité métronomique, l'auteur livre ses gouleyantes enquêtes de l'inspecteur Higgins. Du grand art et une belle constance ! On en redemande. »

Bernard CATTANÉO,
Courrier français.

★

« Posé, poli, Higgins a tout du gentleman. Les personnages qu'il croise le sont sans doute moins. [...] Tel un Sherlock Holmes ou un Hercule Poirot, il note tout. Le visible comme l'invisible n'ont pas de secret pour lui. On tente, de rencontre en rencontre, de deviner avec, voire avant lui, le fin mot de l'histoire mais Christian Jacq se joue de nous. Il nous faut, nous aussi, séparer le bon grain de l'ivraie, passer outre les apparences et les évidences. »

Sébastien DIEULLE,
La Semaine de l'Île-de-France.

Composition et mise en page
Nord Compo à Villeneuve-d'Ascq

Achevé d'imprimer sur Roto-Page
par l'Imprimerie Floch à Mayenne
en septembre 2020

Dépôt légal : mars 2020
N° d'édition : 4355/02 – N° d'impression : 96790

Imprimé en France